봄 말고 그림

그래서 **예술 향유자로** 산
―
다

봄
말
고 임지영

그
림

yeon
doo

차례

말하고 보니 거창하고 멋있는 예술 일기

예술 일기를 쓴다. 오, 말하고 보니 거창하고 멋있는 것 같다. 하지만 사실 짧거나 조금 긴 감상문 정도다. 모티프는 모든 문화 예술적 활동이지만, 주제도 내 멋대로 정하고 형식도 내 마음대로 파괴한다. 조지 오웰은 글을 쓰는 동기로 순전한 이기심과 미학적 열정, 역사적 충동과 정치성을 꼽았는데 나는 순전한 재미가 무조건 첫째다.

예술을 대함에 있어 '무엇을 보는가'보다 중요한 것은 '무엇을 느끼는가'다. 나는 이를테면 감상 강박증 환자였다. 책을 보면 단 몇 줄이라도 독후감을 썼고, 영화를 보면 내 관점대로 리뷰를 썼다. 그림을 보면 마음이 끌렸던 작품의 사진을 찍고 감상평을 반드시 썼다. 두세 줄 단상이거나 종이 몇 장까지 쓰기도 했고, 어떤 날은 연필로 쓱쓱 스케치도 했다. 이런 예술 일기는 훗날의 근사한 계획을 도모한 것이 전혀 아닌 순도 100퍼센트의 순전한 재미였고 일종의 놀이였다.

이런 습관이 생기자 느낌의 범주는 점점 확장됐다. 길을 가다 마주치는 공공 미술들, 건물들 앞의 조형물이나 로비의 작품들, 카페 또는 레스토랑에 걸린 작품까지도 유심히 들여다봤다. 가만히 보면 어느 것 하나 어여쁘지 않은 것은 없었다. 사실 골똘히 들여다보는 일은 그 자체로 유의미해지는 일이다. 잠시 그 앞에 멈췄다는 사실만으로도 조금 특별한 무엇이 시작됐다는 뜻이다. 예술적 인간이 되고 있다고 할 수 있다.

예술적 인간은 체질이 변한다. 일단 느끼기 쉬워진다. 말하고 보니 좀 괴상망측하지만, 말 그대로 감성이 풍부해지고 느낌도 풍성해진다. 매일 지나다니는 건물 앞 모자 석상을 보고도 엄마 생각에 전화기를 든다. 단골 식당 벽에 걸린 모네의 〈수련〉 액자를 보고도 눈이 멀어 쇠잔해가는 노화가를 떠올리며 애틋해진다. 늘 똑같은 일상이지만, 예술적 인간이 되고 나면 눈이 밝아진다. 그래서 자꾸 새로운 발견을 한다. 그리고 다시 새롭게 느낀다.

궁극적으로 그 느낌은 사람에게로 향한다. 예술을 매개로 느낀 감정들은 심장 한쪽에 차곡차곡 쌓이고 그것은 몹시 선하고 따뜻한 에너지가 된다. 우리는 예술을 대할 때 일단은 좋고 아름다운 것을 느끼려는 준비가 돼 있다. 마음이 한껏 순해져 있다. 그렇게 좋은 것을 느끼려는 습관은 사람을 긍정적으로 바꾼다.

내 아름다운 면을 먼저 보는 사람을 싫어할 리 없다. 예술적 삶, 그것은 결코 거창한 것이 아니다. 무심코 지나다니는 모자 석상의 재발견일 뿐이다.

봄 말고 그림

○ 1부 | 무심한 나

그림에게 말 걸기

갤러리의 시간과 공간은 꽉 차 있다. 비어 있는데도 시공간의 밀도는 높게만 느껴진다. 그림들이 내뿜는 고유한 세계가 가득 차 있기 때문이다. 그림 각각의 세계는 유별하되 서로의 영역을 침범하지 않고 온전한 존재의 합을 이룬다. 이 그림 앞에서는 이 세계에 속해보면 되고, 저 그림 앞에서는 저 세계에 몰입해보면 된다. 청전 이상범과 만났다가 바로 고암 이응노와 만난다. 시대의 차이도 세계의 판이함도 분별하지 않는다. 그림들이 아무리 상이해도 그들은 자연스럽게 어우러진다. 다만 우리에게 필요한 것은 열린 마음과 부드러운 시선뿐이다.

갤러리를 연 지 3년쯤 되던 해에 나는 그 시간과 공간이 무거워 견딜 수가 없었다. 그림들의 세계가 더는 흥미롭지 않았고 어쩌면 갑갑하기도 했다. 슬럼프였다. 그림을 새롭게 만나는 방법을 찾아다녔다. 국립현대미술관의 예술 강좌를 섭렵했고, 시립미술관의 점심시간 예술 특강까지 쫓아다녔다. 짧은 지식은 늘어났지만, 아는 만큼 더 많이 더 즐겁게 보이는 것도 아니었다. 그러다가 '그림에게 말 걸기'라는 다소 생소한 강좌를 신청했다. 선생님이 보여주는 그림을 보고 글을 쓰는 수업이었다.

오, 유레카! 그것은 신세계로 들어가는 문이었다. 수동적 향유 활동에서 벗어나 적극적이고 직접적인 예술 활동으로 들어설 수 있었다. 나는 바로 그 수업에 푹 빠져버렸다. 선생님이 보여주는 그림 한 점을 보고 수강생들은 매주 새로운 글을 제출했다. 열 명 남짓의 사람들은 각각의 시선으로 그림을 보고 각자가 자유롭게 글을 썼다. 서로 글을 공유해 읽고 작품을 합평하는 식으로 진행됐다. 고흐의 〈노란 집〉, 터너의 〈눈보라〉, 뭉크의 〈질투〉 등 익히 알던 작품들에서 전혀 새로운 이야기들이 쏟아졌다. 영감을 얻기 위해 그림을 더 속속들이 들여다봤고, 몰입할수록 새로운 세계가 자꾸 열렸다.

그림에 다가가는 이 새로운 방법에 나는 완전히 매료됐다. 강좌가 다 끝난 후에도 못내 아쉬워하다가 선생님을 찾아갔다. 그리고 우리 갤러리에서 다시 강좌를 맡아주십사 간절히 요청을 드렸다. 선생님은 흔쾌히 허락해주셨다. 다시 사람들을 모으고 화요일 저녁마다 갤러리에 모여 앉았다. 우리는 예전보다 더욱 깊어진 시선으로 서로의 세계를 들여다봤고, 그 세계를 존중했다. 그 시간과 공간을 함께하면서도 온전히 혼자였고, 무리 속에서도 각각 고유했다.

우리도 그림과 같았다. 마치 갤러리를 채우는 그림들처럼 한 사람 한 사람이 유별하되 분별할 필요가 없었다. 간호사, 편집자, 번역가 등 나이도 직업도 성격도 다 달랐지만, 각자의 삶과 개성을 인정하며 한 공간을 누렸다. 우리는 그림을 매개로 만나 그림보다 깊어졌고 내밀해졌고 다정해졌다. 그림의 세계로 뚜벅뚜벅 걸어 들어와 더 큰 창작의 세계로 부단히 헤엄쳐 나아갔다. 숨이 턱턱 차올라도 기꺼이 자맥질을 멈추지 않았다. 그것은 예술의 향유에 머무르지 않고 스스로 예술가가 되는 생의 특별한 경험이었다. 그리고 한 번 그것을 경험한 사람은 가슴 한쪽에 예술가의 밝은 눈을 지니게 됐다. 세상을 보는 조금 특별한 시선과 뜨거운 가슴을 지니게 됐다. 모든 것이 그림으로부터 시작됐다. 그 이후로 슬럼프는 없었고 비로소 그림들과 사랑에 빠졌다.

진짜와 가짜

갤러리 한가운데에 겸재 정선의 그림을 걸었다. 꽃핀 인왕산의 봄을 담은 수작이었다. 산기슭의 집 한 채는 산골의 살림이어도 기품이 느껴졌다. 집 주위를 가득 메운 꽃나무들은 바람결에 난분분한 꽃비를 뿌렸다. 집으로 돌아가던 기다란 지팡이를 짚은 선사는 무심히 뒤를 돌아다본다. 표정은 보이지 않지만, 속세를 떠났어도 계절의 아름다움에 가슴에 꽃물이 들었을 테다. 정선은 특유의 섬세하고 유려한 붓놀림으로 화폭에 가득 봄을 담고 인생을 담았다.

아빠는 1980년도에 이 작품을 인사동에서 구입하셨다. 그 당시 500만 원을 주고 사셨고, 감정도 마쳤다고 하셨다. 나는 언제라도 인왕산 기슭의 봄을 만끽했다. 꽃잎이 머리 위로 흩날리는 것을 떠올리며 선사의 표정을 내 마음대로 상상했다. 집 뒤로 보이는 벚꽃들도 아스라이 아름다움을 더했다. 갤러리를 온통 아련한 봄으로 물들인 이 작품이 참 좋았다. 하루에 세 번도 더 들여다봤다. 정선의 붓은 모자람도 과함도 없었다. 빈산에 나무를 더 심을 법한데도 그대로 뒤 숨을 쉬게 했다. 선사의 표정을 그려 넣을 법한데도 돌아보는 몸짓 하나로 심사를 가늠하게 했다. 볼수록 아름답기 그지없는 장면이었다.

아빠가 돌아가시고 2년쯤 후에 이 작품을 꼭 소장하고 싶어 하는 분이 나타났다. 정선을 보내기 너무 아쉬웠지만, 어떤 인연도 끝은 있는 법이었다. 감정서를 붙이기 위해 기관에 감정을 넣었다. 그런데 이럴 수가. 정선의 그 작품은 가품으로 감정을 받았다. 믿을 수가 없었다. 40년 전, 그 당시 집 한 채 값을 주고 샀던 작품이었고, 분명히 감정도 마쳤다고 했다. 그야말로 혼이 나갔다. 어떻게 이럴 수가 있지. 아빠가 안 계시니 당시의 구입처도 알 수가 없었고, 책임을 묻기에는 너무 오래전 일이기도 했다. 아빠가 돌아가신 후에 이 일이 일어나 차라리 다행이었다. 살아 계셨다면 화병으로 쓰러졌을지도 모른다.

진짜와 가짜, 위작 시비는 미술 시장의 딜레마다. 그림을 매일 돋보기로 들여다보시던 아빠도 가짜 정선의 그림을 알아보지 못하셨다. 감정사에게 돌려받은 그림을 풀지도 않고 처박아뒀다. 생각할수록 화가 났고 가슴이 들끓었다. 정선의 그림을 걸었던 자리에 월전 장우성의 〈달밤〉을 걸었다. 매화나무 가지가 고즈넉한 아름다운 달밤이었다. 나는 달밤 속에서 한없이 쓸쓸히 가라앉았다. 꽃이 흩날리는 봄이

영영 가버린 것처럼 괴로웠다.

얼마나 지났을까. 달밤의 침잠이 끝나고 은박 포장을 벗기고 다시 정서를 만났다. 단정한 참죽나무 틀, 여백이 알맞은 배접, 그리고 몇십 년간 언제고 나를 봄날에 살게 했던 그림. 코끝이 시근해지며 왈칵 눈물을 쏟았다. 그림을 오래도록 들여다봤다. 여전히 가슴이 설렐 정도로 아름다운 장면이었다. 그리고 이 봄날과 함께 살아온 지난날들이 밀려왔다. 우울한 날 꽃비를 맞으며 간신히 웃었고, 기쁜 날 선사의 표정을 우스꽝스레 상상했으며, 외로운 날 인생은 이런 장면으로 위로받는 것이라고 긍정했다. 이 아름다운 봄날 속에서 성장했고 조금 더 행복해졌다.

이 그림은 적어도 내 삶에서 가짜가 아니었다. 따뜻하고 아련한 나만의 역사였다. 다시 갤러리 중앙에 그림을 걸었다. 팔지는 않겠지만, 내내 아름다웠고 두고두고 아름다울 나만의 봄이다.

그들만의 리그

그들만의 리그! 이 말만큼 예술계를 잘 설명할 수는 없을 듯하다. 예술이 흔해지고 가까이 다가왔어도 우리는 여전히 잘 모르겠고 좀 멀다고도 느낀다. 아는 만큼 보인다고 하니 잘 모르는 나는 예술 까막눈이라는 생각에 지레 겁을 먹은 것도 같다. 친구 따라 미술관도 가고 전시회도 가지만, 그림 앞에만 서면 나는 왜 작아지는지 모르겠다고 생각한다. 어떤 그림은 너무 어렵고 뭐가 뭔지 도무지 모르겠어서 실눈을 뜨고 자세히 보다가 슬쩍 제목을 보니 아뿔싸! 〈무제 1〉이 붙어 있을 뿐이다.

예술가들은 기가 세다. 물론 몹시 좋은 기. 그런 사람들이 기를 잔뜩 모아 작업했으니 작품 또한 어떤 기를 내뿜는 것은 분명하다. 우리가 갖춰야 할 것은 쫄지 않는 마음이다. 좋은 기를 받으러 가는데 쫄 것이 무엇이 있겠는가. 게다가 널찍한 공간이며 탁 트인 시야를 우리는 휘저으며 누릴 수도 있다. 그러므로 소심한 마음과 무지라는 자격지심만 뻥 차버리면 그들만의 리그로 당당히 들어갈 수 있는 것이다.

"그림을 잘 보려면 안목이 높아야 하는 것 아닐까요?"라고 질문을 많이 한다. 그런데 안목이란 무엇일까. 좋고 나쁜 것을 고르는 분별이 아니라 좋은데 더 좋은 것을 골라내는 취향일 뿐이다. 자꾸 보다 보면 좋아진다. 자꾸 만나다 보면 정 들듯이. 내 마음을 잡아끄는 그에게 한 번 더 눈길을 주고 한 번 더 가까이 가게 되는 것처럼 그를 잘 알고 싶다면 가까이 가보는 것 말고는 방법은 없다.

그렇게 가까워지면 욕심이 생기게 된다. 손을 뻗어 만지고 싶고 내 것으로 만들고도 싶다. 향유에서 소유로 나아간다. 진정한 그들만의 리그로 완벽하게 진입하는 것이다. 사실 예술품을 사보는 것만큼 큰 공부는 없다. 물질로 예술의 가치를 환원해보면 이제 그때 보이는 것은 전과 같지 않다. 그림을 사본 사람은 안다. 그것이 얼마나 특별하고 짜릿한 흥분인지. 생의 충만한 경험인지도. 왜냐하면 그 일은 결코 아무나 쉽게 할 수 있는 일이 아니기 때문이다. 아무리 큰 부자라 해도 절대 쉽지 않은 일이다.

물론 예술을 투자 목적으로도 활용하지만, 그것조차도 우선 예술의 가치를 알고 좋아해야만 가능한 일이다. 그들만의 리그는 관전은 수월하지만, 진입은 그리 호락호락한 일은 아니다. 물론 모든 것은 취향에 달렸고 선택에 달렸다. '무제'라는 제목에도 쫄지 않는 담대함과 아우라 넘치는 공간 장악력만 있다면 우리는 이미 근사한 예술 애호가다. 특별하고 즐거운 인생이 시작된 것이다.

우리 것은 좋은 것이다

그림의 가격은 누가 정하는 것일까. 물론 시장이 정한다. 예전에는 주먹구구식으로 가격이 매겨지기도 했지만, 옥션과 아트 페어들이 잘 운영되면서 비교적 공신력 있는 지표가 생겼다. 같은 작가의 작품이어도 작품 연대와 밀도에 따라 가격은 큰 차이가 난다. 물론 작가의 시그니처나 대표 작품이 비싼 가격을 받는다. 옥션에서 거래되는 작품들은 실패 확률이 거의 없다. 일단은 다시 되팔 수 있다는 말이고, 적어도 아주 많이 손해를 보는 일은 없다는 뜻이다.

옥션에서는 추정가를 정해 놓고 시작가를 부른다. 경쟁자가 없으면 시작가에 낙찰되고, 인기가 많으면 호가가 계속 올라간다. 사람들이 보는 눈은 대략 비슷하다. 좋은 것을 알아보고 좋은 것을 탐낸다. 더 많이 좋아하는 사람이 이기는 것. 그것이 경매다. 사람은 더 많이 좋아하는 사람이 지는 것이 인지상정인데. 우리 갤러리에는 아빠의 고귀한 안목 덕분에 고서화가 많았다. 퍽 많은 작품을 주로 옥션에서 매매했는데 고서화의 희소가치에도 가격은 상당히 평가 절하됐다. 구매한 가격보다 훨씬 떨어진 형편없는 가격에도 그냥 보내야 했다. 부피가 큰 병풍들이 좁은 공간에 꽉 차 있었고 이제는 떠나보내야 할 시간이었다.

외국의 경우에 비하면 우리나라는 예술 자체가 평가 절하돼 있다. 먹고 살기 어려운 시대를 관통해 지금도 여전히 불안정한 분단국인 것을 생각하면 이해가 되기도 한다. 뉴스에서 먼 나라의 기막힌 경매가를 듣고 억하고 놀란다. 레오나르도 다빈치의 〈살바토르 문디〉 5000억 원, 피카소의 〈알제의 여인들〉 2000억 원, 그 외 작품들도 가격의 단위 자체가 다르다. 그저 경이롭고 또 부럽다. 예술에 지급하는 일, 그 가치를 높게 사는 일. 고도로 진화된 사회에서만이 가능한 일이기 때문이다.

우리에게는 우리만의 고유한 역사가 있다. 수많은 핍박과 수탈에도 지켜온 우리의 문화. 비록 너무 빠른 성장과 발전으로 옛 것은 시대착오적인 것으로 생각되기도 하지만, 과거를 잊은 민족에게는 미래도 없는 법. 우리는 더 우리다워져야 하고 한국만의 고유성을 회복해야 한다. 고서화는 우리의 역사와도 같다. 높고 깊은 가치가 있고, 날이 갈수록 더 귀해져야 하는 것이다. 아름답고 오래된 그림 한 점에 무엇이 담겼는지 기억한다면 우리는 앞으로 두고두고 오래오래 아끼고 사랑해야 한다.

봄이라는 예술

용산공원은 언제나 한적하다. 생수 한 병을 오른손에 들고 있다면 하루치 행복으로 충분하다. 걷는 호흡이 중요하다. 초입의 벚꽃나무 길을 걸을 때면 최대한 느리게 걷는다. 어슬렁어슬렁 한 그루 한 그루 빼놓지 않고 시선을 준다. 하나같이 어여뻤지만, 똑같이 생기진 않았다. 해마다 피지만, 작년의 그 꽃은 아니다. 본격적으로 울울한 나무 그늘 속으로 걸어 들어간다. 심호흡을 자주 크게 한다. 미세 먼지가 봄보다 빠른 이 도시에서 나무들이 내어주는 공기를 간절한 마음으로 한껏 흡입해본다.

공원 정비를 마친 연못은 작지만, 퍽 아름답게 조성됐다. 나무 데크로 된 산책로에 잠시 멈춘다. 울타리에 잠시 기대어 연못을 들여다본다. 옆에 선 당신에게도 슬며시 기대어 본다. 금방 알아채고 생수를 건네준다. 차가움이 가신 물은 달콤하다. 연못 속에는 잔뜩 잉어 떼가 있다. 사람 손을 타 영악해졌는지 데크 앞 쪽으로 몰린다. 과자 부스러기라도 바라는 모양. 어쩌지, 내가 가진 것은 물과 당신뿐인데. 다음에는 작은 사료 한 봉지를 사오자고 매번 이야기하지만, 항상 까먹는다.

이번에는 조금 빠르게 힘을 내어 작은 언덕을 넘는다. 중앙 박물관 표지판이 보인다. 공원은 박물관 뒤뜰과 연결된다. 안흥사 5층 석탑이 든든하게 반기며 서 있다. 나는 굳이 석탑에 손을 대어본다. 이 오래된 돌을 지나온 시간들, 사건들, 사람들. 이제는 역사라 불리는 그들을 생각하면 마음이 잠시 숙연해진다. 이 돌덩이가 엄청나게 장하다. 내게도 견딜 힘을 나눠주라고 손바닥에 기를 담는다. 당신이 나를 따라 한다. '우리는 지금 엄청나게 유구한 역사와 맞닥트리는 중이야.' 당신이 웃음을 터트린다.

국립박물관은 거대하다. 오래된 유물들이 강력한 기운을 내뿜는 가운데 정숙이 강요된다. 처음에는 기가 죽는다. 공간에 압도되고 기운에 위축된다. 정숙은 누군가를 위한 예의일 뿐 마음마저 굳을 필요는 없다. 최대한 어슬렁거리며 여유를 부려도 된다. 마치 벚꽃나무 아래를 걸을 때처럼 유유자적하게. 돈 내고 입장했다고 하나라도 더 보자고 재촉할 일도 아니다. 어차피 다 볼 수도 없고, 다 본다고 남는 것도 아니다. 그저 느리게 걸으며 공간도 시간도 관망해본다.

언제나 나를 잡아끄는 것은 거창한 국보급 보물이 아니다.

그저 삼국 시대의 소반이라거나 고려 시대의 놋쇠 수저 같은 소박한 유물들. 칠 상태며 모양이 온전해 이곳에 한자리 차지했을 터다. 그 시절에는 유난히 고달팠을 세 끼. 그저 잘 먹는 것이 잘 사는 것의 전부였을 것이다. 그리고 지금의 우리도 크게 다르지 않다. 좋아하는 이와 맛있는 한 끼를 먹는 것. 가장 빠르게 행복해지는 손쉬운 방법이다. 그러고 보니 배가 고파진다. 오늘은 여기까지 보기로 한다. 박물관은 언제나 이 자리에 있고, 나는 언제고 다시 올 것이니까. 생수 한 병을 오른손에 든 당신과 함께.

흔들리는 날에는 로스코를 만난다

강렬한 빨강, 주황, 노랑 따위의 색이 주는 치유를 느낀다. 마크 로스코는 전시회 때 바흐의 음악을 틀고 감상에 적합한 거리와 조도까지 지정했다고 한다. 자기 예술 세계에 대한 강력한 소구이자 그 뜻을 구현하고자 하는 순수한 열망일 테다. 그렇게 강박적이고 완벽주의였던 그의 세계 앞에 서면 마음이 심연에 닿았다. 바닥에 닿은 마음은 더는 흔들리지 않았다. 로스코가 작품에 심각하고 철학적 의미를 부여한 만큼 마음은 진지해졌다. 작품은 처음부터 끝까지 하나의 생각으로 이어졌고 하나의 구도로 흘렀다. 그것은 흔들리지 않는 신념이었다.

이른바 강남 엄마로 살았다. 딸아이는 초중고를 8학군에서 나왔고, 지금은 대학생이 됐다. 아이는 진로를 스스로 결정했고, 나는 그 선택을 절대적으로 지지했다. 어떤 길을 가든 아이는 존재만으로도 자랑스러웠다. 어디에 어떤 모습으로 있든 아이의 등 뒤에 있을 것이었다. 하지만 아이가 어릴 때에는, 정확히 말하면 내가 젊을 때에는 모든 것이 서툴고 미숙했다. 아이가 초등학교를 다니면 엄마도 같이 교실에 앉아 있는 기분이었고, 언제나 긴장하면서 쉽게 피로했다. 나는 보이지 않는 경쟁과 호의적이지만은 않은 엄마들의 세계에서 점점 지쳐갔다. 학부모의 세계에는 맥락이 없었다. 아이에게 자신을 투영했고, 그러니 이성적 사고도 작동되기 어려웠으며 시시각각 변화무쌍했다. 양육의 신념이 없던 터라 이리저리 휘청했다.

물론 아이를 세상에 내보내면서 시작되는 비교와 경쟁 속에서 흔들리지 않는 부모는 없을 것이다. 나 또한 좋다는 학원들을 섭렵한 적도 있고 다른 엄마들과 휩쓸려 우르르 몰려다닌 적도 있었다. 하지만 방만한 시간들 끝에 깨달았다. 모든 것은 부모 욕심에서 비롯된 일이라는 것을. 아이를 나와 동일시하고 내 자존심으로 여기고 있었다는 것을. 나는 한껏 몸을 낮추고 아이에게 눈높이를 맞췄다. 그리고 아이에게 명령을 멈추고 질문하기 시작했다. 아이는 처음에는 머뭇거렸지만, 기다리자 원하는 것을 이야기하기 시작했다. 내가 해줄 수 있는 것은 반걸음쯤 앞서거나 뒤서며 이 길은 어떨까? 그 길도 괜찮겠네! 말할 수 있는 든든한 조력자가 되는 일이었다.

살면서 하나의 얼굴을 보여주는 것은 몹시 어렵다. 신념을 갖기도 너무 어렵다. 그것은 처절한 수행이기도 하다. 로스코 또한 그 처절하고 혹독한 수행을 죽음에 이르기까지 밀어붙였으니까. 그렇게 자신을 파멸하고 나서 그의 작품들은 더없는 위로로 남았다. 경건한 치유로 남았다. 지금도 여전히 어설프기 그지없는 엄마다. 감정 기복도 오르락내리락하고 일관성 없이 이랬다저랬다 하기도 한다. 아마 아직도 크고 있는 듯하다. 딸과 함께 성장하는 듯하다. 신념을 지키려 안간힘을 쓰고, 성장통으로 지치고 흔들리는 날에는 다시 로스코를 찾는다. 원초적 색들의 단정하고 아름다운 위로. 이렇게 때때로 예술은 위안이 된다.

복잡한 날이면 뭉크를 만난다

에드바르트 뭉크의 그림들은 직설적이다. 감정을 있는 그대로 적나라하게 노출한다. 머릿속이 뒤죽박죽이고 저이의 마음과 내 마음이 엉킬 때 뭉크의 그림은 꽤 효과적이다. 그림 속 사람의 표정만으로도 그의 마음을 읽을 수 있다. 질투로 타오르거나 권태에 빠지거나 생의 환희를 느끼는 모든 감정을 극명하게 드러내 시원하고 화끈하게 보여준다.

나이가 들어가고 어른의 사회화 과정을 거치며 종종 헷갈렸다. 둘이 친한 줄 알았는데 알고 보니 그런 원수가 없고, 급하게 친해지더니 역시 빠르게 소원해졌다. 그런데 겉으로는 아무것도 알 수 없었다. 급기야 SNS 세상은 더욱 모호하고 이상했다. '좋아요'와 '하트'가 넘치고 사랑과 응원으로 충만한 세상인 줄 알았더니 그 이면은 꼭 그렇지만은 않았다.

사람을 안다는 것은 그가 그린 그림을 보는 일과도 같다. 수려하고 매끄러운 그림이지만, 정이 안 가기도 한다. 투박하고 거친 그림이지만, 힘이 느껴지기도 한다. 내가 사람의 그림을 보는 방식은 간단했다. 보이는 그대로 보는 것. 여백을 짐작하거나 섣불리 추측하지 않는 것이다. 이토록 단순하고 무심한 내가 그토록 미묘하고 복잡한 SNS 세계에 적응하기란 여간 어려운 일이 아니었다.

눈치가 좀 없었다. 그리고 좋은 척도 잘 못했다. 대체로 상냥하고 친절하게 굴었지만, 사실은 고집이 셌다. 불편한 자리에 가도 겉으로는 누구보다 적응을 잘하는 듯 보였지만, 속으로는 피곤하고 힘들었다. SNS에서도 스타일은 확고했다. 마음이 진짜 좋아야 '좋아요'를 눌렀다. 마음이 진짜 사랑해야 '사랑해요' 했다. 타인의 칭찬과 격려는 진심으로 받아들였으나 너무 크게 의미를 두지는 않았다. 그저 번외의 세계일뿐이었다.

관계가 어렵고 복잡하게 엉킬 때면 좀 더 본질에 집중해본다. 감정과 상태에 더욱 몰입해본다. 뭉크가 끄집어낸 인간의 적나라한 얼굴들을 떠올려본다. 기쁘거나 괴롭거나 벅차거나 사로잡힌 표정들. 그들은 겉과 속이 하나다. 느끼는 그대로 보여준다. 물론 성숙하고 고상한 우리는 언제나 그렇게 살 수 없다. 예의라는 명목으로 미소 띤 악수와 '좋아요'가 필요하므로. 솔직한 마음은 혼자 있을 때도 꺼내기 어려운 것이므로. 아무리 나이를 먹어도 여전히 헷갈려 가끔 뭉크랑 논다. 뭉크와는 터놓는다.

사랑에 빠지면 그림을 안 본다

〈연애의 온도〉! 전시 제목도 달콤했다. 전시회에 그렇게 길게 줄을 선 것은 처음 봤다. 그것도 쌍쌍이. 석파정 서울미술관 앞이었다. 나는 이제 막 첫사랑을 하고 있는 딸과 함께였다. 공짜 티켓이 생겨 이 전시 요즘 뜨겁다며 데리고 온 터였다. 딸은 수많은 커플을 보고 어이없어했다. 사랑에 관한 전시를 엄마랑 봐야 하다니!

전시는 사랑을 모티프로 한 아기자기한 연출이 가득했다. 작품 자체의 의미보다 전시 공간의 의미가 컸다. 커플들은 그림보다 서로를 보기에 바빴다. 쉴 새 없이 서로를 바라봤고 그 순간을 찍고 또 찍어 저장했다. 작품을 열심히 들여다보고 다니는 사람은 나 하나인 듯했다. 그래도 괜찮았다. 마음이 괜히 간질간질했고 입가에 자꾸 웃음이 번졌다. 사랑, 보기만 해도 참 좋은 것이었다.

"엄마, 나는 지금의 내 나이가 너무 좋아. 사랑할 수 있고 사랑받을 수 있고. 물론 사랑이 영원하지 않겠지만, 나는 스무 살을 충분히 누리는 것 같아. 지금을 충만하게 사는 것 같아. 나는 그 아이를 위해 매일 더 예뻐질 궁리를 하고, 조금씩 더 마음이 착해지는 느낌이 들어. 더할 나위 없이 행복한 시간들이 나를 막 지나가고 있어."

"참 근사하다. 자기 나이를 사랑하고 충분히 누린다는 것은 축복이야. 사랑하고 사랑받으면서. 그런데 사랑받는 것에 집착할 필요는 없어. 그 아이를 위해 예뻐진다고 생각하지 말고 네 미적 성장을 위해 노력한다고 생각해봐. 그 아이를 위해 착해진다고 생각하지 말고 네 마음이 진짜 어른이 되고 있다고 생각해봐. 사랑의 주체는 너 자신이지 사랑이 아니거든. 엄마는 네 사랑을 응원하고 축하한다."

연애의 온도는 시시각각 달랐다. 뜨거웠다가 따뜻했다가 미지근했다가 식었다가. 뜨겁다가 식으면 아쉽고 아프지만, 그것은 혼자서 하는 일은 아니었다. 둘이 함께 몸과 마음을 불태웠다가도 그 불이 사그라드는 것을 또 함께 겪어야 하는 일이었다. 사랑은 그 온도를 견뎌내는 일이었다. 사랑이 항온체면 좋으련만. 그 변온의 시간과 마음을 견뎌야만 사랑은 더 오래도록 더 기꺼이 우리 곁에 머물렀다.

딸은 여전히 사랑하고 있다. 물론 그때 그 아이는 아니지만. 언제나 첫사랑처럼 설레고 신나게 사랑하고 있다.

어느 완벽한 하루

4월의 수덕사는 아직까지 동백이 붉었다. 그곳이 절이라는 것도 잊고 어여쁨에 그만 수선을 떨었다. 나이 들면 꽃이 그리도 어여쁘다.

수덕사에 있는 선미술관은 동백보다 단정했고 아름다웠다. 이 아름다운 곳에 몹시 특별한 전시를 보러 갔다. 스님과 수녀님의 컬래버레이션 작품전 〈회통〉. 두 분이 서로 다른 종교인이시고, 완전히 다른 세계를 살고 계신다고 생각했는데 회통이라니. 일단은 놀라웠고 몹시도 궁금했다.

최마리 엘리사벳 수녀님은 동그란 미소로 반갑게 맞이해주셨다. 수녀님을 따라 걸으며 작품 한 점 한 점에 대해 설명을 듣고 마음에 새겼다. 이 작품들만큼은 가슴에 아로새기고 싶었다. 전시장에는 설정 스님께서 쓰신 선필 18점이 단아한 족자에 걸려 있었다. 그리고 그 옆에 선필을 그대로 금속에 담아 새로운 예술로 탄생한 금속 공예 선필 작품이 걸려 있었다. 수녀님은 금속 공예가시다. 한지와 마를 사용한 콜라주에 구리로 한 글자 한 글자 섬세하게 작업해 글자는 저마다 고유한 빛깔을 갖게 됐다. 각각의 아름다운 형상을 갖게 됐다. 유려하고 기품 있는 예술 작품이 됐다. 게다가 금속은 다루기 쉽지 않은 재료다. 연세도 많으신데 수녀님께서 이것을 다 어찌 작업하셨냐고 여쭤보니 "직접 톱을 들었지요, 너무 힘들어 대상포진도 걸렸어요."라고 조곤조곤 말씀하시며 조용히 웃으셨다.

글의 뜻을 이해하느라 전시장을 한 번 더 돌았다. 불교계의 큰 스님께서 쓰신 선필은 더없이 담백하게 느껴졌다. 그런데 가만히 글자들을 들여다보니 한 작품 한 작품의 필체가 유별했고 또 각별했다. 이 글을 쓰실 때에 각각의 그 마음으로 온 마음 다해 쓰신 것이 분명했다. 글에서 하나하나 고유한 그 기운이 느껴졌다. 나는 글들을 가만히 따라 읊으며 걸었다. 큰 스님이 주시려 한 마음을 감히 깨달을 수는 없겠지만, 그저 잠시 따라 읊어보는 것만으로 마음에 홍조가 돌았다. 이것으로 충분한 기분마저 들었다.

수녀님과 〈수처작주〉 앞에서 기념사진을 찍었다. 어느 곳에서든 늘 주인이 돼 살아야 한다는 뜻이다. 그래야 진정한 자유인이리라. 수녀님을 따라 한껏 웃으며 사진을 찍었다.

스님과 수녀님, 두 분은 종교와 성별, 지위를 떠나 진정한 생의 동반자이자 친구였다. 마음이 통했고 그것은 예술로 승화됐다. 두 분은 이미 완전한 예술가였다. 감동의 마음을 어쩌지를 못하고 수덕사 꽃길을 방방 뛰듯이 걸었다. 그러다가 비구니 스님들이 계시는 선수암에 이끌리듯 들어갔다. 경내는 여성 특유의 단아한 아름다움이 가득했다. 작고 예쁜 꽃들이 가꿔진 정원, 일렬로 줄지어 선 커다란 돌 수반에는 물만 가득, 곧 수련이 가득해질 것이었다. 아까부터 감탄의 소란을 듣고 계셨던 노스님께서 찻상을 막 내오셨다. 역시 따뜻한 미소를 보내주시며. 지체할 시간이 없던 나는 그대로 선 채 보이차를 마셨다. 마음 같아서는 노스님의 말벗을 오래도록 해드리고 싶었지만, 나는 몇 번이고 다음을 기약할 수밖에 없었다. 노스님은 아쉽고 쓸쓸한 마음을 감추지 않으셨다. "이곳은 이제 사람 보기가 너무 힘들어. 같이 차 들면 좋을 텐데…."

순간 가슴이 먹먹해졌다. '속세를 떠나 불가에 귀의한 스님도 쓸쓸함은 숙명 같은 것이로구나.' 사람은 누구나 외로운 존재라는 생각에 노스님이 따라 주시는 차를 그렇게 선 채로 호록호록 세 잔이나 마시고 말았다.

살다 보면 모든 것이 완벽한 하루를 만난다. 생이 주는 선물이다. 그동안 퍽 애썼다고, 그래도 꽤 잘 살았다고 내 어깨를 두드리는 신의 손길을 느낀다. 어쩌면 이런 하루를 위해 긴긴 날들을 견디거나 버티거나 하는지도 모를 일이다. 물론 누군가에게는 분명 별일이 아닐 것이다. 유난히 감동하기 쉽고, 감흥을 느끼기 쉬운 체질의 사람이므로 오늘을 마음에 깊이 아로새긴다. 오늘 동행한 분들, 맛있는 간식을 수시로 건넨 손들, 스님과 수녀님의 아름다운 예술 〈회통〉 작품들, 작품 속 글 하나하나의 의미들, 그리고 비구니 노스님의 아련한 눈빛. 나는 조만간 곧 다시 가겠다고 다짐한다. 바쁘다는 핑계 따위는 절대 대지 않고, 온전한 시간을 마련해 다시 가고야 말겠다고 결심한다. 완벽한 하루는 이제 언제라도 가질 수 있게 된 것이다.

큐레이터가 사는 법

큐레이터 이소, 그는 센 캐릭터다. 큰 키에 시원시원한 걸음걸이, 반드르르한 이마는 찡그림 한 번 없었다. 삶의 지난한 괴로움을 토로할 때조차 그의 이마는 저 혼자 빛나고 있었으니까. 큐레이터는 참으로 멋진 직업이다. 그들은 대체로 예술을 전공했거나 적극적인 예술 향유자거나 예술의 최전방에서 결을 함께하는 사람들이다. 다른 직업보다 공부도 많이 해야 하고, 현장 경험도 풍부해야 한다. 하지만 일의 전문성에 비해 그 일을 오래도록 하는 사람은 흔하지 않다. 주로 계약직이 많기도 하거니와 보통 힘든 일이 아니기 때문이다.

그는 바티칸박물관 전시, 알폰스 무하 전시, 아마추어 사진작가 전시 등 굵직한 메이저 전시들을 총괄했다. 워낙 씩씩하고 당당한 성격 덕에 안 되는 일도 되게 할 것만 같다.

"나도 연약한 여자랍니다. 하하." 시원하게 웃는 그에게 기억에 남는 에피소드를 물었다. "알폰스 무하 전시 때 전시장 문 닫을 시간에 무릎이 툭 튀어나온 트레이닝복을 입은 아저씨가 헐레벌떡 뛰어왔어요. 그러더니 그림을 사겠다며 보여 달라는 거예요. 솔직히 귀찮았어요. 근데 제일 크고 멋진 두 작품을 바로 척 사갔어요. 알고 보니 오래전에 프라하로 신혼여행 갔을 때 알폰스 무하 그림을 만났던 거예요. 서울에서 전시를 한다는 소식을 듣고 무척 반갑고 좋아 막 뛰어왔던 거였어요. 이분께는 그림 한 점이 소중한 추억이었던 거죠. 가슴이 찡했어요."

큐레이터들이 소신을 갖고 자기 역량을 제대로 펼치기란 현실적으로 쉬운 일이 아니다. 특히 예술에 대한 이해도가 없는 대표를 만날 경우 더욱 힘들다. 물론 자본주의 사회고, 예술은 자본주의의 총아임이 분명하다. 하지만 예술이라는 영역은 사업과는 엄연히 다르다. 다른 모든 것보다 예술에 대한 애호가 첫 번째 원칙이 돼야 한다. 요즘은 근사해 보이고 있어 보인다는 이유로 자본을 앞세워 예술계로 유입하는 경우가 많다. 하지만 예술은 자본만으로는 할 수 없는 영역이다. 무조건 사랑해야 한다. 사랑하는 척할 수도 없다. 죽도록 사랑해도 너무 어렵고 힘든 분야기 때문이다.

예술이 높고 아름다운 정신적인 가치인 것에 반해 예술계는 철저한 세속적 저잣거리다. 힐난할 수는 없다. 다만 좀 더 밝고 건강한 광장을 만들었으면 하고 바랄 뿐이다. 지금은 큐레이터, 학예사, 도슨트 등 예술 관련 업종들이 고학력 저임금의 대표직처럼 됐다. 세상을 아름답게 보고 싶어 하는 사람들이다. 사람을 따뜻하게 만들고 싶어 하는 사람들이다. 우리 사회가 좀 더 성숙해지고 예술적으로 성장해 이들이 기 좀 펴고 살아가기를 간절히 바란다. 더불어 나도 어깨 좀 펴고 살 수 있기를 바란다.

15년차 큐레이터 이소는 그림 파는 사람에서 그림 사는 사람을 꿈꾼다. 그는 여태껏 수많은 작가를 만나고 그림을 접했지만, 거의 모든 작가가 열정만 있고 현실감 없는 것이 몹시 마음이 아팠다고 한다. 그의 모든 큐레이션에는 온기가 그득할 것임이 분명했다. 작가가 살아야 예술이 산다. 예술이 살아야 우리도 제대로 잘 사는 것이다. 이렇게 예술계에 있는 사람들을 만날 때면 좋으면서 안타깝고, 공감하다가 통감한다. 우리가 가야 할 길이 아직 거칠고 너무 먼 것만 같다. 그래도 벽에 걸린 저 그림 참 좋지 않느냐고 금방 까르르 감동하면서 즐거워한다. 그의 이마도 눈도 한결같이 반짝거리는 이유일 것이다.

닥터박갤러리

말이 없었다. 침묵도 편했다. 어디로 가는지도 몰랐다. 운전하는 옆얼굴을 흘깃 봤지만, 굳이 고요를 깨기 싫어 창밖 풍경에 집중했다. 건물들이 빠르게 사라졌고 푸름이 빼곡해지더니 이내 시야가 탁 트였다. 강을 보는 일은 늘 좋았다. 모든 것이 지나간다고, 흘러간다고. 어떤 치유의 현현인지도 모른다. 그랬다. 잡을 수 없다. 강도, 사람도, 시간도.

어느새 양평이다. 오른쪽에 강을 둔 좁은 길은 막힘이 없었다. 멋진 코르텐 건물 앞에 차를 세웠다. 닥터박갤러리. 건축가 승효상이 지은 이곳은 어느 계절에 와도 아름답다. 붉디붉게 세월이 내려앉는 코르텐 강판은 시간이 지날수록 더욱 멋스럽다. 모든 것이 변해도 절대 변하지 않을 것만 같은 붉은 마음 같기도 하다.

예술 애호가 박호길 의사가 세운 닥터박갤러리에는 올 때마다 더없이 행복해진다. 이곳으로 온 이유는 생의 우울과 권태에 대한 처방이다. 전시실은 여전히 단정하고 아름다웠다. 널찍한 벽에 충분한 거리를 두고 걸린 작품들은 자기만의 세계를 공간 가득 펼쳐 놓았다. 그 안에서 마음이 점점 동그래졌다. 제일 좋아하는 전시장 한쪽 전면 유리창 앞에 섰다. 이 공간은 강이 곧 작품이다. 시시각각 같은 듯 다른 물결이 화폭 가득 유유했다. 그제야 마음이 탁 풀어졌다. 그리고 강물과 함께 순하게 흘러가버렸다.

예술은 치유다. 그림 앞에 오래 서 있는 일, 그림 속 풍경에 잠시 머무르는 일, 그 순간 그림에게 마음을 기대어본다. 뜻대로 되지 않는 일들의 피로와 마음 같지 않은 관계의 권태로움을 그림 앞에 툭하고 내려놓는다. 그림은 말이 없다. 그를 보듯이 다만 나를 바라봐준다. 편안한 침묵이고 따뜻한 정적이다. 한껏 느려진 시간 속에서 공기가 가벼워지고 따뜻해진다고 느낀다. 건물 옥상 하늘 정원에 이르러서는 드디어 말문이 터진다. "아, 이제 살 것 같아. 이곳이 좋아. 보이는 모든 게 예술이고 위로야."

생이 걷잡을 수 없이 빠르거나 권태로울 때면 일부러라도 그곳에 간다. 반나절만으로도 여유를 찾고 또 생기를 얻는다. 그런데 얼마 전, 닥터박갤러리가 휴관한다는 소식을 들었다. '아, 이런. 치유의 공간이고 쉼의 시간이었는데.' 너무 안타깝고 아쉬웠다. 그런 아름다운 공간은 사실은 누군가의 헌신이다. 그 공간을 유지하는 데에는 엄청난 품과 공이 들어갈 것이기 때문이다. 기껏 가끔 들러 차 한 잔으로 생의 호사를 누리던 나는 몹시 미안하고 부끄러워졌다. 닥터박갤러리가 다시 그 문을 활짝 열기를 바란다. 그런 공간이 건재해야 우리의 마음도, 삶도 건강해지는 것이기 때문이다. 아름다운 강가의 붉은 마음, 언제라도 그곳으로 가고 싶다.

좋은 일도 가끔 지친다

"그거 돈 받고 하는 일이에요?"라고 종종 묻는 분들이 있다. 그럴 때면 쓸쓸해진다. 돈도 안 되고 심지어 내 돈, 내 시간, 내 마음이 곱절은 들어가는데, 무용한 일에 열심인 것이 되게 한심해 보이려나. 작년부터 보육원을 찾아다니며 사랑의 갤러리 봉사를 열심히 한다. 이것이 과정이 녹록지 않다. 먼저 보육원에 연락해 예술의 효용성과 가치를 설득하는 일부터 시작해 이후 답사를 가 그림을 걸 공간들을 지정한다. 그리고 돌아와 그림 선정 회의를 거쳐 30점 내외의 작품들을 선택한다. 다시 좋은 날을 잡아 작품을 설치하러 간다.

누구는 쓸데없는 일이라고 할지도 모른다. 무의미한 시간이라고 할지도 모른다. 모든 시간과 관계가 물질로 치환돼야 그 가치를 인정받는 시대라지만, 온기와 사랑이 충만해지는 이 일이 좋다. 선물 같다고도 느낀다.

사당동 상록보육원에 그림을 걸어주러 다녀왔다. 복도에서 마주친 다섯 살 아이들이 "우와, 이거 예뻐요!" 환하게 웃으며 콩콩 뛰었다. 그 순간 내 마음도 콩콩 뛰며 함박웃음이 활짝. 아이들에게 선물을 주고 더 큰 선물을 받았다.

갤러리를 운영하면서 예술에 즉물적 시각을 갖게 됐다. 호당 얼마로 지표가 생겼고 어쩔 수 없었다. 그런데 그림들을 모으고, 액자를 제작하고, 보육원 답사와 전시 봉사를 다니면서 다시 예술의 진짜 가치에 대해 생각하게 됐다. 그 의미와 효용성에 대해서도 깊이 깨닫게 됐다.

봉사한다고 자랑하려는 것이 아니다. 헌신이라고 정의하려는 것이 아니다. 다만 함께하자고 권하고 싶은 것이다. 같이 하자고 청하고 싶은 것이다. 해보니 참 좋아 권하고 싶은 신앙의 순전함과도 같다.

예술은 아이들에게 반드시 필요한 환경이다. 먹이고 재우는 복지도 중요하지만, 예술도 문화도 이제는 복지가 되면 좋겠다.

걷고 먹고 예술하라

삶에 반드시 필요한 두 가지가 있다고 한다. 바로 산책과 요리. 혼자 걷는 고독의 시간과 함께 먹는 연대의 관계가 필요하다는 이야기다. 여기에 하나 더 예술의 자극을 넣고 싶다. 아무리 고독이 좋고 관계성이 좋아도 무엇으로 사는가. 울리고 웃기고 느끼고 생각하게 하는 자극이 필요하다. 재미와 의미가 있는 어떤 화두가 필요하다. 자극을 받는 모든 것이 문화고 예술이다. 여유가 있어 누리는 것이 예술이 아니고, 이미 예술은 삶 속에 일상으로 존재한다.

백세시대는 어쩌면 수명 연장의 개가가 아닌 두려운 미래다. '얼마나 사느냐'보다 '어떻게 사느냐'가 중요하기 때문이다. 재미도 없고 의미도 잃은 채 오래 살기만 하는 미래라니. 얼마 전, 지하철에서 씁쓸한 광경을 봤다. 한눈에 보기에도 퍽 나이가 들어 보이는 할아버지 한 분이 타자 경로석에서도 양보했다. 그리고 어르신들끼리의 대화가 오갔다.

"어르신, 아주 정정하십니다. 백 살까지 거뜬하시겠어요."

그러자 올해 아흔이라는 그 할아버지는 불같이 화를 냈다. "예끼, 이 양반아! 재수 없는 소리 하지 마시오. 당신이나 어디 한 번 백 살까지 살아보시오. 거기가 지옥일 테니." 덕담을 악담으로 바꿔버린 노인의 노여움이 쓸쓸하고 어쩐지 슬펐다. 어떻게 나이 들어야 하는 것일까.

삶의 동력을 끊임없이 찾아내야 한다는 생각이다. 삶을 이루는 기본적 건강과 안위 위에서 깨어 있고 움직이게 하는 자극을 끝없이 추구해야 한다는 생각이다. 산책하며 오감을 열어 외부 세계를 통해 자극을 받고, 요리를 나눠 먹으며 마음을 열어 인간관계에서 충만을 경험한다. 그리고 예술적 경험으로 감성을 열어 한 차원 높은 세계로 차근차근 다가가는 것이다.

예술적 경험은 늘 하는 것이다. 음악을 듣는 것, 재밌는 영화 한 편을 보는 것, 책을 읽는 것, 그림을 잠시 들여다보는 것, 그런데 그저 경험으로 끝나면 자극은 금방 잊힌다. 예술적 자극은 반드시 서로 나누는 것이 좋다. 함께 영화를 본 친구와 커피 한 잔을 마시며 감상평을 묻고, 같이 전시를 본 당신과 잠시 미술관 벤치에 앉아 관람평을 듣는다. 그것은 단순한 감상 나누기가 아니다. 내가 세계를 인지하는 방식과 당신의 방식을 알아가는 것이다. 내 삶의 미학을 키우고 당신 삶의 담론을 만들어가는 것이다.

예전에 번번이 밥 먹고 술 마시고 노는 데 환멸을 느낀 사람들끼리 한 달에 한 번 주제를 갖고 모임을 한 적이 있다. 내 인생의 책, 내 인생의 그림, 내 인생의 영화 등. 우리는 돌아가며 10분 스피치 형태로 '나는 왜 이 그림에 매료됐는가'를 솔직하고 편안하게 이야기했다. 그 모임을 끝내고 집으로 돌아갈 때면 신기하리만치 마음이 명징했다. 거나한 모임 후 흔히 겪는 인간관계의 피로도도 전혀 없었다. 시간이 갈수록 상대에 대해 깊이 이해한다는 느낌이 확연했고, 각자의 삶을 더욱 격려하게 됐다. 이야기하다 보니 거창하게 포장됐는데, 그냥 간단한 제안이다. 친구와 함께 걷고, 맛있는 밥을 먹고, 그림 한 점을 보고, 무엇이 보이냐고 질문해보라는 것. 다만 그뿐이다.

비밀의 화원

꽃이 잔뜩 핀 미술관 입구에서부터 호들갑을 떨었다. "꽃
좀 봐, 이 다홍 좀 봐!" 선연한 봄 빛깔에 소녀들처럼 까르
르 흥이 넘쳤다. 과천의 한적한 골목에 있는 가원미술관. 아
름다운 작은 정원이 그대로 작품이 되는 이 미술관은 더없
이 다정하고 사랑스러웠다. 다홍빛 영산홍, 자주빛 튤립, 보
라빛 아기 붓꽃, 정원은 숨은 그림 찾기 같았다. 풀들은 제
각기 꽃들을 잘도 숨겨 놓았다가 '봄볕에 못 참겠다 꾀꼬
리!'를 외치며 불쑥 다홍꽃, 노랑꽃을 내놓았다. 지금껏 보
지 못한 신비한 빛깔의 튤립들을 보며 한바탕 더 소란을 피
웠다.

이 아름다운 미술관의 주인은 부부였다. 같은 길을 걸어온
부부 화가. 하지만 지금은 소녀처럼 싱그럽게 나이 들어가
는 안주인만 남았다. 혼자 남은 그는 여전히 미술관을 지키
고 가꾸고 사랑한다. 게다가 이런 아름다운 정원을 가꾸려
면 거의 노동에 가까운 일들을 하고 살 것이다. 고운 얼굴과
다르게 거칠어진 손을 내보이며 그는 활짝 웃었다. 두 개 전

시관에서는 그와 작고한 남편의 작품이 전시됐다. 부부의 작품 세계는 판이했고 유별했다. 함께 살되 각자의 고유한 예술 세계를 존중했음이 분명했다. 서로 가장 친한 친구이자 예술 활동의 가장 큰 동력이었음이 분명했다. 그의 작품에 나타난 부부의 아련한 모습에 가슴이 아릿해졌다. 무심한 듯 정원 가운데 앉은 부부를 그린 작품 제목은 〈추억〉이다. 그림에 표정을 그려 넣지 않았지만, 알 듯했다. 그림 속의 아직 젊은 부부는 앞으로 많은 날이 남았다고 생각하겠지만, 생은 5월의 정원을 몇 번쯤 가꾸다가 끝날지도 모르는 거라는 것을 이야기하는 듯했다. 그림의 추억 속으로 가만히 따라가 보니 너무나 애틋하고 슬프다.

"우리 미술관 많이 도와주세요!" 일흔이 넘어서도 그는 수줍음을 타며 이야기했다. "도와주시는 게 별것 아니고요. 그림 많이 봐주시고 느껴주시고 인정해주시는 거죠. 이리 한적한 곳에 이렇게 방문해주셔서 고맙습니다."

다시 마음이 애잔해졌다. 예술가에게 가장 큰 행복이란 그림에 누군가의 눈길이 가만히 머무는 것이다. 그림이 누군가의 마음에 온전히 다가가는 것이다. 작품을 구매하는 것은 나중 문제다. 예술가들은 언제나 이렇게 사랑이 우선이다.

작품들은 온통 꽃과 나무의 오마주였다. 마음을 다해 작은 정원을 가꾸듯 그는 캔버스도 아름답게 가꿔 놓았다. 정원을 사랑하는 예술가들은 삶도 그렇게 한껏 다정하게 가꾸었을 것이다. 안주인의 따뜻한 미소가 그것을 증명했다.

요즘 삶의 속도가 너무 빨라 숨이 찰 지경이었다. 굳이 시간을 내어 좋아하는 선생님들과 미술관 탐방을 다녀왔다. 한껏 느리게 걷고 그림 속을 천천히 산책했다. 그림과 정원이 다르지 않았다. 옅은 라일락 향이 전시관에서도 설핏 느껴졌다. 그런 순간에 삶에는 무늬가 생긴다. 판에 박힌 일상에 작고 아름다운 나만의 정원이 생긴다. 소녀 같은 관장님에게 마음으로부터 감사를 건네고 돌아 나오는 길에도 몇 번이고 뒤돌아봤다. 가까이서도 멀리서도 가원미술관은 한결같이 아름다웠다. 문득 그런 사람이 되고 싶다고 생각했다.

취향의 발견

예술을 접할 때 당당해야 한다. 예술은 근사하고 거창한 것이 아니다. 말 그대로 골라 먹는 재미가 있는 무엇이다.

어린 딸아이를 박물관과 공연장에 숱하게 데리고 다녔다. 예술은 다 좋은 것이라는 생각에 무조건 많이 노출시켰다. 아이는 곧잘 따라다녔고 즐기는 듯 보였다. 예술의 전당에서 말러의 음악을 듣고 돌아오던 길, 고등학생이 된 딸이 선언했다. "엄마, 오늘이 마지막이야. 클래식 공연을 함께 오는 것은. 그동안 엄청나게 노력했지만, 나와는 맞지 않아. 너무 졸립고 너무 따분해." 나도 물론 졸릴 때도 많고 실제 졸기도 한다. 졸아도 세상에서 최고로 호사스런 졸음이라고, 그야말로 멋진 휴식이 아니냐고 우겼다. 하지만 딸은 단호했다. "내 취향을 존중해줬음 좋겠어. 그동안 난 무지 오랫동안 참았거든. 엄마를 배려하느라." 그때 불현듯 깨달았다. 예술은 기호품이구나. 우리와 뚝 떨어져 존재하는 미학적 담론이 아니고, 울고 웃고 졸고 침 흘리는 생활형 감성이구나. 그래야 하는구나.

예술은 골라 먹어야 한다. 그 취향을 발견해가는 것이 삶이 돼야 한다. 좋은지 안 좋은지 알려면 일단은 해봐야 하니까. 딸아이를 끌고 여기저기 다녔기에 취향을 발견했고, 그 취향을 존중했고 마침내 나도 깨달았다.

미술관도 마찬가지다. 비싼 돈 내고 입장한 오르세미술관 전시에서 처음부터 끝까지 다 보고 말겠다는 욕심을 버린다면 훨씬 마음 편하게 볼 수 있다. 눈길이 머물지 않는 작품들은 스쳐 지나가도 된다. 나를 강력하게 잡아끄는 무엇이 있는 작품 앞에서만 오래 머문다. 찬찬히 들여다보고 가만가만 생각한다. 나를 불러들인 색감과 느낌이 지금 내 마음의 결일 수 있다. 예술의 취향은 결국 자아의 발견과도 닿는 것이다.

신기한 것은 취향은 움직이는 거라는 것. 좋다가 싫어질 수 있고, 싫었는데 훅 다가올 수도 있다. 그러므로 취향에 대해 함부로 단언할 일은 아니다. 어느 날, 딸아이가 말러의 음악을 듣고 뜨거운 눈물을 펑펑 쏟을 수도 있다. 그것이 인생이기도 하고.

예술로 먹고 살기

전 정부에서 문화관광부의 문화 예술 분야 예산은 2퍼센트였다. 빈약한 수준이지만, 그전 1퍼센트에 비하면 두 배로 늘어난 엄청난 예산이었다. 어쩐지 집에서 살림만 하던 그림 그리는 친구 몇몇이 개인전을 한다고 연락이 왔다. 가봤더니 무슨 재단에서 하는 공모에 선정돼 후원 개인전들을 열어주는 것이었다. 그래도 붓을 놓지 않았더니 이런 기회가 왔다고 수줍게 벅차했다. 예술의 고됨, 예술가의 고단함이 느껴졌다. 각종 사회단체나 기업에서 예술을 후원하는 메세나 사업이 활발하게 이뤄지고 있다. 그래도 우리나라의 수많은 예술가는 가난하고, 또 가난해야 한다는 편견 속에서 살아가고 있다.

한국의 미술 시장에서 실제 거래가 되는 작가는 여전히 소수에 불과하다. 그럼 나머지 대다수는 어떻게 먹고 사는가. 가족에게 천덕꾸러기가 되거나 개인전을 한다고 해도 주변 사람들을 본의 아니게 괴롭게 만드는 원인을 제공한다. 작품 옆에 팔렸음을 뜻하는 빨간 스티커, 그것은 거의 지인들의 몫이기 때문이다. 한국의 미술 시장은 몹시 열악하고 독특하다. 사업하기 어려운 게 아니라 예술 하기 진짜 어려운 나라다.

최근에 한국을 떠나 외국에서 활동하는 작가를 여럿 만날 기회가 있었다. 한국에서는 그림을 팔아본 적이 없다고 했다. 유럽이나 미국에서는 그림이 팔린다고 했다. 그들의 작품을 보니 조금 모호하거나 또 어두웠다. 철학적이고 개념이 있었다. 안 팔릴 수밖에 없다. 우리나라 사람들은 대부분 밝고 예쁜 작품을 좋아한다. 민족의 취향에 대해 폄하하려는 것은 아니다. 일반화의 오류를 모르는 것도 아니다. 다만 어떤 경향에 대한 데이터일 뿐. 밝고 예뻐 거실에 두면 환해지는 그림이 당연히 좋을 수밖에 없지 않은가. 그 와중에 나는 어두운 그림을 좋아했다. 숲의 어두운 데라거나 밤의 골목, 저무는 바다 등. 안 팔리는 작품만 콕 짚어 사들였다. 보면서 혼자 감탄했다. 혼자 행복했다.

예술가들은 먹고 사는 이야기를 하면 심히 부끄러워한다. 불편해한다. 이 사회는 예술가가 돈을 이야기하면 안 된다는 금기 같은 것이 있는 듯하다. 하지만 예술가야말로 자본주의의 꽃 같은 존재가 아닌가. 지금은 그야말로 관상용 꽃이다. 죽지 않을 정도로만 겨우겨우 그대로 두고 보는, 핏기 없고 시들시들한 꽃. 허나 예술은 진짜 꽃처럼 피어나야 한다. 햇빛도 주고 물도 줘 더욱 더 아름답게 가꿔야 한다. 그러려면 꼭 필요한 요소와 충분한 애정이 반드시 필요하다. 예술가가 이 필요충분조건 이야기를 자유롭게 해야 한다. 예술가는 원래 가난해야 하고, 그래야 걸작이 나오는 법이라는 이야기는 고인돌 아래 묻어버려야 한다.

시인은 시를 써 먹고 살고, 화가는 그림을 그려 먹고 살아야 한다. 문화 예술 분야의 예산을 늘려 더 많이 지원하는 것도 좋지만, 그 눈먼 예산이 다 어디로 갔는지 우린 이미 알아버렸지 않은가. 예술가들한테 실제로 지원되는 것은 겨우 개인전 한 번, 창작 스튜디오 입주, 그 정도인 것이다. 지원보다 더 중요한 것은 우리의 인식 전환이다. 예술가를 우리와 동떨어진 4차원 세계의 사람으로 보지 않고, 우리와 똑같이 먹고 살아야 하는 생활인으로서 인식해야 한다. 예술가의 다양성을 존중해주고 그러기 위해서는 우리 마음의 여유가 절실하다. 내 마음의 자유와 여유를 위해 기꺼이 지급할 수 있어야 한다. 물론 여유를 갖기가 너무 어려운 시절이다. 그래도 우리는 자신만의 취향을 갖기를, 스스로 꿈꾸기를 멈추면 안 된다. 그 꿈을 우리 예술가들이 대신 노래하고 시 쓰고 그려준다. 참으로 고맙지 아니한가. 예술이 살아나야 우리도 제대로 사는 것이다.

직업상 예술가들을 꽤 많이 만나고 산다. 나와 세계, 현실과 이상, 자본과 순수…. 그 모든 괴리감을 동력으로 사는 사람들 같다. 만나보면 하나같이 천둥벌거숭이 같은 면이 있다. 나는 그게 너무 좋다. 어쩌면 우리도 우리 삶을 사유하고 예술하며 나름의 괴짜로 사는 사람들인지도 모르겠다. 아름답지만, 괴로운 삶. 고독하지만, 기꺼운 생. 이번 생은 이렇게 계속 살아보기로 한다.

사랑이 어떻게 변하니

도자기가 돌아왔다. 백자 양각 매화 문병. 푸른빛이 살짝 도는 백자는 야무지고 아름다웠다. 이 도자기는 옥션을 통해 팔았던 것이었다. 백자 중에는 드물게 상감 기법으로 매화 문양이 양각돼 있어 퍽 높은 추정가가 나왔다. 작품은 경합 끝에 이천만 원에 낙찰됐다. 그로부터 2년이 흘렀다. 옥션 대표에게 전화가 왔다. 도자기를 낙찰했던 분께서 작품 진위를 운운하며 반환을 요구한다는 것이다. 어처구니없었다. 옥션에서 거래되는 작품들은 보증서가 존재한다. 하지만 막무가내로 우길 때는 난감해진다. 물론 법적으로 책임은 없다. 하지만 난감한 표정의 옥션 대표와 푸르스름하게 질린 도자기를 보고 있노라니 그만 짠해져서는 그대로 도자기를 가지고 돌아왔다.

고심 끝에 2년 전의 낙찰가를 고스란히 돌려줬다. 예술품에 가격을 매기고 사고 팔기를 업으로 하지만, 예술을 폄훼하는 것은 견딜 수 없었다. 도자기가 받았을 삐딱한 시선과 수모가 너무 가슴 아팠다. 갤러리 한가운데 테이블 위에 융을 깔고 곱게 모셔두고는 시간 날 때마다 칭찬했다. 야무진 자태며 아름다운 빛깔이며 선연한 매화 무늬를 보고 또 보며 감탄했다. 처음에 푸르스름하게 질린 백자는 갈수록 안정됐다. 백자 특유의 신비로운 푸른 기운으로 되살아났다.

나중에 전해 들으니 도자기 낙찰자는 처음에는 너무 좋아하고 아꼈더란다. 집에 놀러 온 지인이 예술품 애호가였는데 도자기를 보고 지나가는 말로 "이거 위작 같은데. 백자는 양각이 잘 없는데." 한마디 했더란다. 그때부터였단다. 도자기가 밉게 보이기 시작한 것. 괜히 의심되고 자꾸 삐딱해지더란다. 미운털이 박히자 본전 생각이 나고 작은 돈도 아니니 더 부아가 치밀었을 테다. 도자기가 잔뜩 겁에 질린 어느 날, 주인은 작심하고 나무 상자를 꺼냈을 것이다. 가지고 갈 때와는 전혀 다른 마음으로. 하지만 한결같이 조심조심 포장했을 것이다.

도자기는 아빠가 오래전에 지인을 통해 구입해 오랫동안 소장한 것이었다. 아빠가 돌아가신 후 더욱 깊이 아끼고 사랑해줄 새로운 주인에게 갔다고 흡족해했다. "사랑이 어떻게 변하니?"라고 말하지만, 사랑은 언제나 변한다. 좋아하다가 싫어질 수 있고 미워하게 될 수도 있다. 예술이라고 다르지 않다. 시간 따라 사람 따라 취향도 변하고 애호도 바뀐다. 그래서 나는 늘 예술은 소유보다는 향유라고 생각했다. 언제 어디서고 누리는 사람이 주인이라고. 물론 누리다 보면 소유하고 싶은 욕망 또한 인간의 순전한 본능이겠지만. 그 욕망의 변덕 때문에 상처받는 것은 아무 잘못 없는 도자기와 나다.

예술품을 소유하고자 한다면 사랑하는 연인을 만나는 것이라고 상상해보면 좋다. 지금 이렇게 반했지만, 나중에 변할 수도 있다고 솔직한 마음을 전해보는 것이 좋다. 지금 너무나 사랑하지만, 끝까지 못할 수도 있다고 자신의 마음을 점검해보는 것이 좋다. 물론 사람에게 훨씬 오래갈 사랑인 것도 맞다. 예술품 애호는 보통 평생 가는 사랑인 경우도 많다. 그래도 잊지 말자. 사람이든 예술이든 사랑에는 책임이 따른다는 것을.

예술 향유자

해마다 키아프^{KIAF}에 간다. 편한 운동화를 신고 꼼꼼하게 구경한다. 나라갤러리 부스를 열어본 적은 없다. 나는 아직도 공부하는 중이고, 갤러리 관장으로서는 많이 부족하다. 다행히 공부하는 것을 좋아해 대학교나 미술관에서 하는 예술 강좌를 퍽 열심히 들었다. 하지만 예술에 있어 이론은 반드시 숙지해야 할 공부는 아니었다. 공부는 일종의 자기 안위였다. 아는 만큼 보인다니 더 보려고 애쓴 것은 아니고, 예술로 보는 시대는 재밌었고 각 그림의 스토리텔링이 궁금했다.

벌써 몇 년째 우리나라는 단색화의 열풍이 계속되고 있다. 단색화는 1960년대 이후의 시대 풍조였다. 예술은 늘 그렇듯 동시대 정신과 이상을 구현한다. 단색화는 어려웠던 시절, 수행과 구도의 삶을 표방하며 우리나라를 대표하는 예술이 됐다. 처음에 단색화를 접했을 때 나는 한 가지 색이 주는 강렬한 깊음인지 기쁨인지, 그 속에서 무언가를 찾으려 안간힘을 썼다. 늘 이런저런 공부를 하면서 그림은 아는 만큼 보이는 게 아니라 보이는 만큼 느끼면 되는 거라고 제멋대로 감상법을 주창하던 나였는데, 단색화 앞에서는 어쩐지 자꾸 작아지는 기분이었다.

몇 년 전, 어떤 갤러리의 개인전에서 이은 작가의 〈나의 바다〉라는 작품을 만났다. 도자로 만든 작은 조각들을 하나하나 이어 전체를 만든 작품이었다. 그 도자 조각들은 비슷하나 아주 조금씩 다른 파랑색이었다. 얼핏 보면 똑같아 보였지만, 같은 색은 단 하나도 없었다. 그 각각의 파랑이 하나의 바다를 이뤄 일렁거리고 있었다. 그것을 보는 내내 바다는 시시각각 파랗게 혹은 짙푸르게 달라졌다. 마음이 바다의 물결처럼 흩어졌다, 부서졌다, 다시 몰려들었다.

그때 깨달았다. 단색화는 한 가지 색이 아니었던 것이다. 다만 같은 색으로 보일 뿐이다. 한 가지 색으로 보일지라도 천 번의 붓질을 했다면 천 가지 색깔이 들어간 것이다. 만 번의 붓질을 했다면 만 가지 마음이 들어간 것이다. 단색 앞에 서도 마음이 천 갈래, 만 갈래로 갈라지던 이유를 알았다.

예술을 공부해 알게 되는 것은 예술에 대한 다양한 정보와 얕은 지식 정도다. 어떤 감흥이나 영감은 공부가 아니라 경험에서 온다. 그래서 편한 신발을 신고 그림을 보러 다니는 경험은 매우 중요하다. 작정하고 키아프 같은 큰 전시를 가는 것도 좋지만, 더 좋은 것은 일상 속에서 보는 것이다. 예술은 어디에나 있고, 바쁜 우리가 미처 발견하지 못할 뿐이다. 거리에 넘쳐나는 공공 미술 작품들, 건물의 로비마다 근사하게 붙어 있는 대작들. 언제나 보고 느끼고 즐길 수 있다. 그것도 공짜로.

아는 것보다 중요한 것은 직접 보는 것이다. 그림과 맞닥뜨리는 것이다. 그 경험이 예술 향유자가 되는 시작이다.

예술도 복지입니다

사회 복지도 중요하지만, 문화 복지의 시대다. 백세시대라지만, 얼마나 사느냐보다 어떻게 사느냐가 훨씬 더 중요하다. 어떻게 사느냐 하는 삶의 질은 문화를 향유하는 데 달렸다고 해도 과언이 아니다. 문화란 거창한 것이 아니다. 어쩌면 우리가 의지대로 행하는 모든 것이 문화다. 그러므로 다양하고 폭넓은 경험은 우리의 삶을 풍요롭게 만들고 살만한 것으로 느끼게 한다.

얼마 전, 경상북도 문경에 있는 보육원에 그림 걸기 봉사를 다녀왔다. 새로 신축된 퍽 크고 잘 지어진 보육 기관이었다. 그런데 그곳에 들어가 깜짝 놀랐다. 그림 한 점이 제대로 걸려 있지 않았던 것이다. 넓은 빈 벽들은 삭막했다. 커다란 공간은 더욱 쓸쓸했다. 물론 여백의 미도 좋고 비움의 미학도 좋다. 공간을 꾸미고 채우는 것만이 아름다운 것은 아니라는 것도 안다. 하지만 우리에게 예술의 의미는 무엇일까.

물론 그림 한 점이 별것 아닐지도 모른다. 아무런 의미가 아닐 수도 있다. 하지만 누군가는 휙 지나가다가 잠깐 걸음을 멈출 수 있다. 잠시 가던 길을 멈춰 "이게 뭐지?"라며 그림을 들여다볼 수 있다. 바로 그때다. 마음에 온기가 살포시 스미는 것은. 바로 그 순간이다. 추웠을 그 마음에 따뜻함이 잔잔히 번지는 것은. 물론 아주 미세하고 극소량의 감성이다. 하지만 아무리 극소량이어도 감성은 어디 가지 않고 고스란히 축적된다. 몸 어딘가에 아주 조금씩 쌓인다. 그런 예술적 경험들이 우리의 삶을 따뜻하게 만든다. 퍽 괜찮은 것으로 만든다. 그래서 특히 아이들에게는 반드시 예술 환경이 필요하다. 비어 있는 벽만큼이나 숭숭 비어 있는 보육 기관의 문화 복지에 대해 생각이 많아졌다. 갈 길도 멀고, 할 일도 많다는 생각이 든다.

몇 년 전부터 여러 선생님과 문화 예술 네트워크 모임을 진행하고 있다. 처음에는 단순하게 우리끼리 즐겁고 행복하자고 향유자를 자청하는 분들이 모였다. 그런데 함께 문화 예술에 대해 공부하고 기획하고 행사를 치르며 이 좋은 것을 더 많이 나누자는 데 뜻을 모았다. 그래서 우리는 보육원에 그림을 거는 봉사를 하고 있다. 작가나 소장자에게 그림을 기증받아 액자로 제작한 후에 보육원 답사를 거쳐 그림들을 건다. 물론 녹록지 않은 과정이다. 하지만 아이들이 눈을 반짝이며 "와! 무지 예뻐요! 이 그림은 뭐예요? 저 그림은요?" 소리 높여 웃고 질문이 많아질 때 나는 무척 행복하다. 아이들이 내내 그림을 들여다보기를 바란다. 그림 속에서 많은 것을 찾아내기를 바란다. 그것이 살아가는 데 작은 힘이 될 것임을 믿어 의심치 않는다.

숨기 좋은 방

응접실은 숨기 좋은 방이었다. 오래전 우리 집에는 응접실이 있었다. 손님을 위해 꾸며놓은 공간이지만, 사실은 아빠의 공간이었다. 짙은 녹색의 폭신한 카펫과 옅은 갈색의 가죽 소파, 그리고 빈 벽이 안 보일 정도로 빼곡하게 걸린 그림들. 그 방에 들어갈 때면 소리도 존재도 사라지는 듯한 오묘한 기분마저 들어 나는 종종 그 방에 숨었다.

나는 맨발에 닿는 카펫의 느낌을 좋아했다. 곱슬곱슬하고 굵은 직조의 실뭉치가 내가 내는 모든 소리를 부드럽게 삼켰다. 나는 그 부드럽고 고요한 세계 속에서 뒹굴며 그림을 봤다. 주로 수묵담채화가 많았는데 별 재미없을 것 같은 먹그림들도 가만히 들여다보면 이야기가 있었다. 얼핏 보면 비슷해 보여도 봄, 여름, 가을, 겨울의 풍광이 다 다르고 각별했다. 나룻배를 젓던 뱃사공은 봄바람에 쓰개치마가 벗겨진 처녀를 보다가 노를 놓쳤다. 황소를 타고 집으로 돌아가는 소년의 풀피리 소리를 듣고는 강아지가 뛰어나왔다. 나는 응접실에서 보내는 비밀스런 시간들이 어떤 놀이보다 재미있었다.

아빠는 처음에는 그 방을 혼자서만 누리셨다. 엄마 눈치를 쓱 보며 부지런히 사다 나른 크고 작은 그림들을 구도를 잡아 걸고, 도자기나 옛 물건들을 이리 옮기고 저리 옮기며 시간을 보내셨다. 내가 그 방과 그 방의 주인들에게 관심이 있다는 것을 안 아빠는 출입을 허락해주셨고 심지어 꼬마 조수 노릇도 하게 됐다. "오른쪽이 삐뚤어졌어.", "그 그림은 여기에 별로 안 어울리는데." 아빠는 신기하고 재밌게도 어린 딸의 의견을 곧잘 들어주셨다. 그림들에 대한 이야기를 내가 듣는 둥 마는 둥 해도 신이 나서 하시고는 했다.

아빠는 워낙 까다롭고 예민한 분이라 친구도 많지 않으셨고 그저 우리 가족과 예술품 수집에만 평생을 열중하셨다. 나는 크면서 그런 아빠를 이해할 수 없어 마음이 저 멀리 간 적도 있다. 응접실 밖의 세상에는 마치 관심도 없다는 듯 어쩌면 자식보다 더 아끼고 사랑하는 애장품들이 내게는 아빠의 병적 집착으로 보이기도 했다. 소장품이 넘쳐나 점점 창고처럼 되는 아름다운 그 방도 나는 너무 안타깝고 괜히 심술도 났다.

아빠는 외롭지만, 외로운 줄 모르고 살다 가셨다. 돌아가시기 전까지도 그림을 사랑하셨고 그림의 이야기를 들으셨다. 부족하기만 한 큰딸인 나를 그나마 위로하는 것은 아빠가 갤러리에 걸린 그림들을 행복하게 바라보던 기억. 그리고 맛있는 식당을 찾아 함께 먹던 점심. 나는 가끔 생각한다. 여전히 미숙하고 불완전하지만, 삶을 향유하고자 부단히 애쓰는 지금의 나를 만든 것은 오래도록 숨었던 그 방이라고. 보드라운 맨살을 감싸주던 포근한 감촉, 어리고 약한 마음을 위무하던 오래된 그림들, 그리고 고마운 마음 전할 길이 없는 아빠. 오늘은 그 방에 숨어 아빠를 기다리고 싶다. 오래오래 기다렸다고 응석 부리고 싶다.

내 나라갤러리

갤러리는 추웠다. 노출 시공이 된 천장은 보기에는 세련되고 멋스러웠지만, 웃풍의 원인이었다. 게다가 온통 하얀 사방의 벽에 걸린 그림들과 작은 조각들과 도자기. 거의 빈 공간이나 다름없는 그곳은 언제나 휑했고 쓸쓸했다. 손님들은 갤러리에 들어오는 것을 어려워했다. 아직까지 예술은 어렵고 먼 그들만의 세계라고 여기는 것 같았다. 그림들을 자주 바꿔 걸고, 매일 윤이 나게 닦아도 보는 사람은 많지 않았다. 그래도 아빠는 매일 정성껏 그림을 닦고 또 닦았다. 나는 넓고 정갈하고 아름다우나 어쩐지 쓸쓸한 그 공간에서 자꾸 추위를 탔다.

고암이응노미술관에서 우리가 소장한 〈절규〉라는 작품을 살 수 있겠냐고 연락이 왔다. 그날도 그림을 닦느라 여념이 없는 아빠께 전했더니 "네가 혼자 알아서 해봐." 하셨다. 전에 없는 일이었다. 혼자서 해보라니. 남자 손님이 내게 말만 건네도 경계하며 끼어들던 아빠였다. "아빠, 왜 그래? 안 돼. 같이 만나요.", "이제 너도 혼자 해봐야지. 잘할 수 있을 거다. 걱정 마.", "안 돼요. 싫어. 아직은 자신 없어요. 아빠 없이는 안 돼요." 아예 〈절규〉를 떼어내 깨끗한 융으로 구석구석 빛나도록 닦으며 아빠는 나를 보고 쓱 웃었다. 나는 왜 그랬는지 그 미소가 처음 보는 것처럼 낯설고 불안했다.

아빠는 멋쟁이였다. 3월이라 꽤 추운데도 아빠는 봄이라고 무거운 외투를 벗어버리고 체크 콤비 자켓만 입고 나오셨다. 그런데 그날은 영하의 봄날이었다. 칼바람이 심장까지 파고들었다. 갤러리는 너무 추웠고 나는 무릎 담요를 두르고도 덜덜 떨다가 일찍 퇴근했다. 아빠도 잔뜩 몸을 웅크린 채, 입술이 파래진 채 들어가셨다. 나는 봄은 무슨 봄이냐고, 노인네는 5월까지 내복 입고 다니는 거라고 잔소리를 했다. 아빠를 건강하게 본 마지막 날이었다. 아빠는 그날 감기에 걸렸고, 열이 떨어지지 않아 병원에 갔으나 급성 폐렴으로 번졌고, 패혈증이라는 무서운 병이 돼 한 달간 중환자실에 계시다가 돌아가셨다. 아빠의 죽음을 겪으며 나는 신기한 전조들과 후기를 체험했다. 아빠의 마지막 선물 같은 일이었다.

아빠는 병원에 입원한 날, 급성 패혈증으로 돌아가실 뻔했는데 기적적으로 깨어나셨다. 우리에게 시간을 선물하신 것이다. 깨어난 순간 당신의 상태를 직감하시고 유언을 남기셨다. 그 순간에도 멍한 내게 우리 큰딸 잘할 거라며, 엄마를 부탁한다며 힘을 실어주셨다. 아빠의 눈빛이 아직도 선명하게 기억난다. 온몸에 생명 연장 줄을 주렁주렁 꽂고도 나약해 보이지 않았던 몹시 또렷하고 형형한 눈빛이었다. 한 달간 중환자실에 누워서도 아빠의 눈빛은 흔들리지 않았지만, 몸은 쇠할 대로 쇠했다. 나는 아빠의 임종을 지켰다. 벚꽃이 온 세상에 흩날리던 4월 아침이었다. 떠나기에 너무 아름다운 날이었다.

아빠가 떠난 갤러리는 더욱 추웠다. 초여름인데도 한기가 돌아 나는 늘 카디건을 입고도 으슬으슬했다. 그림은 한동안 바꿔 걸지 않았다. 매일 닦지 않아도 먼지는 없었다. 떠날 것을 예견이라도 한 듯 혼자 해보라던 고암이응노미술관의 일은 잘돼 그곳으로 이사 간 〈절규〉를 걸었던 자리에 홍종명의 〈과수원집 딸〉을 걸었다. 노랑, 주황, 빨강 색색의 과일 광주리를 머리에 이고 목젖이 보이도록 흐드러지게 웃는 다 큰 딸. 나도 그림처럼 저렇게 씩씩한 딸이고 싶었다. 하지만 나는 너무 크고 추웠던 공간의 무게를 이기지 못하고 겨울이 오기 전에 갤러리를 다른 곳으로 옮겼다. 공간은 예전보다 훨씬 좁았지만, 작고 따뜻한 갤러리로 꾸몄다. 조명은 노란빛으로 했고, 빈 공간을 채워 책상과 탁자를 놓았다. 어쩌면 아빠한테 혼날지도 모르겠다. 그러면 난 또 입툭 내밀고, 그러니까 나 혼자 못한다고 했잖아! 볼멘소리를 하겠지. 잊을 수 없는 내 나라갤러리.

Shall we dance?

몸치다. 몸도 둔하고 끼도 없어 몸을 쓰는 일은 젬병이다. 그런 내가 주체할 수 없이 춤출 때가 있다. 춤을 춘다기보다 영락없이 춤추는 기분이 되고 말 때가 있다. 꼭 몸을 흔들어 춤을 추는 것은 아니지만, 몸 어딘가 뜨겁고 간지럽다. 봄바람 앞에 난분분한 벚꽃이거나 가을볕 뒤에 나른한 벼 이삭 같다. 바람에 몸을 맡기듯 자유롭고, 햇볕에 마음을 말리듯 평화롭다. 그런 상태를 몹시 좋아해 나를 그리 만들어줄 어떤 자극을 기꺼이 찾아다녔다.

김남중의 비올라 연주회를 다녀왔다. 숲과 바다, 쉼을 주제로 한 레퍼토리는 다정하고 아름다웠다. 그는 내 손을 잡아 제주 사려니숲 깊은 곳으로 이끌었다. 오래된 이끼 향에 오래전 슬픔마저 평화로워졌다. 드넓은 바다로도 데리고 갔다. 끝없는 포말 앞에서 수없는 아픔들은 따뜻한 것이 됐다. 나는 연주 내내 춤췄다. 마음으로 춘다는 것이 머리를 까딱거리기도 하고, 손가락 피아노를 치기도 했다. 그 순간 비좁은 B열 10번 좌석이 아니라 아주 멀고 푸른 데 있었다.

과천 현대미술관에 가서 한정식의 사진전 〈고요〉를 봤다. 추상과 형식주의를 표방한 사진들에는 정적과 적막이 그득했다. 그런 고요 속에서도 춤추는 기분이었다. 사진 속 수면에 떠 있는 버들 이파리가 된 듯했다. 작은 파문에도 이리로 저리로 춤추듯이 흔들렸다. 조금 어지러운 채 미술관 정원의 큰 나무 아래 앉았다. 여기 오면 늘 이 자리에 앉는다. 그의 노래가 제일 잘 들리기 때문이다. 그는 23년째 그 자리에 서서 노래하고 있다. 거대한 은색 철의 인간. 조나단 브로프스키의 〈노래하는 사람〉. 그의 노래에 맞춰 언제라도 같은 춤을 출 수 있다. 이곳에 함께 왔던 사람들을 다 불러내어 같이 추기도 했다. 그럴 때면 다시는 함께 올 수 없는 사람이 생각나 조금 슬픈 기분이 들기도 한다.

몸치지만, 마음만은 댄서다. 『나의 라임 오렌지 나무』에 꼬마 주인공 제제가 소리 내지 않고 노래 부르는 법을 깨달은 것처럼 나는 움직이지 않고 춤추는 법을 알게 됐다. 사랑할 때에도 마찬가지다. 나는 그의 마음결을 따라간다. 따라가며 살랑살랑 춤추기도 하고 무릎이 푹 꺾여 넘어지기도 한다. 그래도 또 좋다고 따라간다. 춤추기를 멈추기는 싫은 까닭이다. 몸치는 언제나 뜨거운 춤꾼을 꿈꾼다. 그래서 비올라 선율을 따라가고, 고요의 색을 찾아가고, 당신의 사랑을 원하는 것일 테다. 내 삶을 온통 춤으로 가득 채우길 바라는 것이다. 우리 함께 춤출까요?

내가 반한 여자

가끔 반하는 여자가 있다. 자주 있는 일은 아니다. 나이를 먹으며 오만도 같이 먹었는지 누군가를 존경하거나 혹은 반하거나 하는 일이 점점 더 어려워졌다. 게다가 첫눈에 반할 수 있는 순정과 혜안도 갖고 있지 못했다. 그저 한 번 보고, 두 번 보고, 알아가고 느껴져야 더 좋아지고 더 반했다.

갤러리를 운영하는 일은 흡사 백조의 그것과도 같다. 겉으로는 우아해 보이지만, 보이지 않는 자맥질이 엄청 고되다. 아름다운 자태지만, 그리 보이기 위해 기진맥진할 때도 많다. 수많은 갤러리가 백조의 날갯짓으로 태어났다가 수없이 스러져가는 것을 봤다. 나야 이제는 조그만 갤러리에서 백조보다는 청둥오리쯤의 자맥질로 자유롭게 부유하기를 즐기지만, 크고 아름다운 갤러리를 들를 때면 나도 모르게 걱정했다. 그 공간의 무게와 운영의 어려움이 먼저 보이는 까닭이었다.

그에게 연락이 왔다. 정릉에 있는 아름다운 한스갤러리 관장. '아름다운'은 물론 그를 꾸미는 수식어다. 그는 내가 아는 갤러리 관장 중 가장 예술을 사랑하고 작가를 아꼈다. 새로운 작가들을 끊임없이 발굴했고 새로운 전시를 쉬지 않고 열었다. 그가 멋지고 대단하면서도 마음 한편으로는 어쩐지 애잔했다. 저 어여쁘고 가냘픈 여인이 얼마나 힘들까. 얼마나 애쓸까. 나는 종종 한스갤러리에 전시를 보러 들렀다. 실은 그를 보러 간 것이었다.

그러다 몇 달 전, 한스갤러리는 문을 닫았다. 문을 닫기 전 마지막 전시에도 들렀다. 그간의 소회도 나누고, 마음을 다해 있는 힘껏 그를 응원했다. 이제 조금 편히 쉬겠구나 생각했다. 그런데 바로 얼마 전, 개관 전시 오프닝 소식을 전해왔다. '아트 세빈'이라는 새로운 갤러리로 북한산 국립공원 내에 있다고 했다. 잠시 갸우뚱했다. 산? 공원? 갤러리가 있을 곳이 아니었다.

정말 놀라웠다. 그는 정말 반할 만한 여자였다. 갤러리는 진짜 북한산 국립공원 안에 있었다. 이제 막 가을이 무르익는 산의 공기는 달디 달았다. 풍광 또한 기가 막혔다. 원래는 아웃도어 매장이 있던 자리라고 했다. 아무도 예측하지 못했을 것이다. 누구도 엄두를 내지 못했을 것이다. 등산객이 오가는 산의 초입에 자리 잡은 갤러리라니! 낡은 건물은 뜻밖의 아름다운 공간 덕분에 운치가 가득한 곳으로 재탄생

됐다. 예술로 격이 달라지는 순간이었다. 반갑게 마중 나오는 그는 예전보다 더 화사했다. 더 아름다워졌다. 이제 그를 애잔하게 여기지 않는다. 그는 수면에 있지 않고 창공을 훨훨 나는 백조기 때문이다.

그림의 눈

겁이 많은 한 아이가 있다. 작은 소리에도 깜짝 소스라치고, 날이 저물면 집밖으로 나가는 것마저 꺼린다. 이유는 없다. 정체 모를 공포감이다. 비가 오고 바람이 부는 밤이면 아이의 공포는 극에 달한다. 엄마 곁으로 바짝 파고들어 한여름에도 이불을 머리끝까지 뒤집어쓰고는 벌벌 떤다. 옥상으로 올라가는 녹이 잔뜩 슨 나선형 철 계단에 굵은 빗방울이 뚝뚝 떨어지는 소리는 영락없는 발자국 소리다. 알 수 없는 어떤 무서운 존재가 한 발짝 한 발짝 끝없이 다가오는 듯했다. 그리고 무엇보다 창밖 나무들의 형상은 더욱 괴기스럽기 짝이 없었다. 으스스한 소리는 아무리 귀를 막아도 뇌리로 파고들었고, 이리 오라는 검은 손짓은 이불 속까지 그 마수를 뻗쳐 당장이라도 어둠 속으로 끌고 갈 것만 같았다. 그런 날이면 아이는 온몸이 식은땀으로 푹 젖어버렸고, 어쩔 수 없이 온 집안의 불을 켜둔 채 자야 했다.

기질적으로 심약한 아이를 부모는 방관하지 않았다. 그저 겁 많은 어린 것의 유난함으로 방치하지 않고, 부드럽고 따뜻하게 아이가 까무룩 지쳐 잠드는 그 순간까지 안심시켰다. "잘 들어봐. 발소리가 아니야. 누가 왕 빗방울인지 내기하는 거야. 눈 떠봐. 검은 손이 아니야. 나무들이 잘 자라고 인사하는 거야." 내 어린 시절의 이유 없는 겁을 극복하게 해준 것은 부모님의 인내와 다정이겠으나 한 가지 더 있다. 그것은 그림의 힘이었다. 예술품 수집이 생의 유일한 즐거움이었던 아빠는 틈만 나면 어린 나를 오래된 그림 앞에 서게 했다. 그러고는 그림의 눈을 찾아보라고 했다. "그림에 눈이 어디에 있어요?" 질문조차 이해하지 못하는 내게 그림에도 눈이 있으니 천천히 한 번 잘 찾아보라고, 채근하지 않고 가만히 기다려주셨다. 인물이 있는 그림 같으면 눈을 찾는 일쯤은 단박이지만, 산수화나 추상화는 눈을 씻고 봐도 눈이 없었다. 그래서 처음에는 아무거나 마구잡이로 가리키며 이거, 저거, 되는 대로 답했다. 그런데 자꾸만 그림의 눈을 찾으려 그림을 살피고 또 살피다 보니 저절로 그림의 몸을 샅샅이 들여다보게 됐다.

이상범의 〈추경산수화〉 앞에 서면 유유히 흐르는 강물에 교교히 떠 있는 나룻배 한 척을 그 그림의 눈이라 했다. 아무리 쓸쓸해도 결코 울지는 않을 눈이라 했다. 그림 가득한 잿빛으로 물든 나무들도 이제는 빛바랜 인생을 담았지만, 외로움에 담대한 그림의 몸이라 느꼈다. 〈책가도〉 같은 사물 병풍에서도 그림의 눈을 찾아냈다. 단정하고 다소곳이

대나무 필통에 꽂혀 있는 붓, 그게 내가 찾아낸 그림의 눈이었다. 입신양명을 바라는 어린 선비가 언제나 손에 꼭 쥐고 있을 희망의 눈이라 했다. 그림 가득한 곧은 책장과 반듯한 책들, 종이며 부채며 공작 꼬리 하나까지도 선비와 가족의 염원이 가득한 그림의 몸이라 느꼈다. 처음에 뚱딴지같고 어렵기만 했던 그림의 눈을 찾는 일은 점점 수월해졌고 자연스러운 일이 됐다. 지금은 이우환의 〈선으로부터〉 같은 추상화에서도 금방 찾아낸다. 가령 오른쪽에서 다섯 번째 선, 그 선이 그림의 눈이야 하면서.

그렇게 그림과 눈을 맞추고 몸을 낱낱이 훑으면서 어린 시절의 정체 모를 공포감도 서서히 없어졌다. 비가 내리는 밤의 창문도 그림이라 생각하고 그를 마주 봤다. 어둠이 분탕질 해놓아 그렇지 그것은 몹시 아름다운 그림이었다. 나무가 푸른 눈을 반짝거리며 백 개도 넘는 초록 손을 흔들어 인사하는 그림이라니 상상만으로도 미소가 번졌다. 유년기가 끝났음을 알게 된 것은 더는 밤의 나무를 두려워하지 않게 됐을 때다. 두려워하지 않을 뿐 아니라 크고 오래된 나무들이 사이좋게 무성해져 울울한 밤 그늘을 만들어내는 깊은 어둠을 나는 더 편안해했다. 어둠 속에서 분별도 없이 일가를 이룬 이파리 만 개가 밤바람에 일제히 몸을 흔들어대면 이리 오라고 손짓하는 나무의 정령이라도 본 듯 넋을 빼앗겼다.

유년기의 말초적 두려움을 완전히 극복했는데도 나는 아직도 낯을 가린다. 날마다 새로운 세계는 계속 유입되고, 지금까지와는 전혀 다른 새로운 그림들도 끝없이 그려진다. 새로운 것들과 마주하는 일은 언제나 조금 두려운 일이다. 그럴 때면 심호흡을 한 번 크게 하고 침착하게 눈을 찾는다. 찬찬히 살펴 눈을 맞추고 싱긋 웃는다면 그 다음 보고 듣고 느끼는 것은 시간 문제다. 사람의 눈도 그림의 눈도 결국 내 마음이 찾아내는 것이다.

안개와 바위

안개가 산허리를 타고 흐른다. 빗방울이 막 잦아들어 바위를 말끔히 씻어낸 듯 잔뜩 물기를 머금은 수목 위로 인왕산 봉우리가 솟아난다. 산 아래서 올려다보니 현기증이 일어날 것 같다. 처음 정선의 〈인왕제색도〉를 봤을 때 느꼈던 그 신선한 충격이란. 300년 전에 노련한 노화가가 바라본 인왕산의 모습은 이러했구나 싶었다.

가만히 정선의 산수화를 들여다본다. 실제의 풍경을 고스란히 옮겨 담은 〈진경산수화〉. 정선 이전의 산수화는 중국 화가의 그림을 그대로 모방한 산수화가 대부분이었다. 정선에 이르러서야 우리의 아름다운 산하를 실제로 보고 느끼고 그렸다니 그가 이룬 업적은 실로 우리의 감성을 폭발하게 하는 것이 아닐는지. 덕분에 우리가 옛 사람의 정취를 오롯이 느껴볼 수 있다. 그의 대표작 〈인왕제색도〉를 보면 언제 봐도 늘 바로 앞에서 인왕산을 바라보는 듯 생생하고 웅장하다. 아찔하고 아름답다. 안개와 산의 능선은 엷게, 바위와 수목은 짙게 처리해 마치 실제 풍경을 보는 듯 아스라한 느낌이다.

노화가의 성정이 고스란히 가슴에 담긴다. 그 마음을 닮아 좀 더 유연하고 느긋해지면 좋으련만, 나이 들수록 점점 취향이 분명해진다. 일에도 사람에도 사소한 행동 하나에도. 하고 싶은 것만 하고, 보고 싶은 사람만 보고, 취향도 편식이 심하다. 편견을 지양하지만, 경험으로 안다. 아닌 것은 아닌 것. 내 좋을 대로 살아도 짧기만 한 인생이라는 것을. 나는 한때 나이의 강박에 사로잡혀 무리하게 품을 넓혀 모든 것을 다 안고 가려고 했다. 그렇게 다 안고 갈 수 있을 줄 알았다. 마흔 넘은 사람이니까. 이제 정말 연륜이란 말이 어색하지 않은 어른이니까. 하지만 사람마다 그릇이 있는 법. 내 그릇은 고만고만하고 내 품도 여기서 여기까지. 내 한계를 인정하자 내 품은 오히려 가득 찼다. 아닌 것에 공들이고 마음 뺏길 필요는 없다. 지난 것에 후회하고 돌아볼 필요도 없다. 나는 아직도 성장하고 있고 죽을 때까지 그리할 거니까.

그런데 자신에게는 그토록 미래 지향적 생각을 주입하면서도 취향에 있어서는 새로운 것보다 지나온 것에 마음이 간다. 오래된 그림, 오래전 음악, 오랜 벗 같은 책들. 그중에서도 오래된 그림은 그 한 폭에 그 시절의 이야기와 사람이 정지된 듯한 오묘함이 깃들어 있다. 비가 온 뒤 막 갠 인왕산을 바라보며 일흔을 훌쩍 넘긴 노화가는 무엇을 생각했을까.

지나온 것들, 변해버린 것들 속에서 유장한 것은 저 풍경뿐이라고 한탄했을까. 덧없는 생을 아쉬워했을까. 아니다. 우리 자신도 풍경의 일부라고, 유구함을 만드는 어떤 존재라고 정선은 그렇게 허전한 마음을 가만가만 어루만졌을 듯하다. 그림 앞에 선 지금의 내가, 우리가 그리 느끼듯.

이기양의 초상화 앞에서

늘 좋은 사람이었는데 그 좋음도 피곤한 날이 있다. 별로인 사람이었는데 그 서먹함이 편한 날도 있다. 사람은 그럴 수 있다. 사람이니 그럴 수 있다. 한결같아야 한다는 게 얼마나 지나친 강박인가. 마음은 언제나 세찬 강물처럼 흐르고, 그 깊은 물살을 어찌 가늠할 수 있겠나. 누군가를 섣불리 안다고 하지 말자. 나 자신도 잘 알지 못하는 게 사람이다.

가끔 사람에게 지칠 때면 본능적으로 치유책을 찾는다. 이럴 때 예술은 몹시도 유용하다. 효용성으로 따지자면 가치 제로였던 예술 작품이 그 무엇으로도 환산할 수 없는 가치를 입는 순간이다. 어떤 이는 말러의 〈교향곡 3번〉을, 전곡 연주 시간이 100분이나 되는 그 긴 교향곡을 눈을 질끈 감고 끝까지 듣는다고 한다. 그 100분이면 일상의 사소한 화든 우주의 대폭발 같은 분노든 가라앉히고 잊어버리기에 충분한 시간이라고.

나는 그럴 때면 아주 오래된 초상화 앞에 선다. 복암 이기양의 커다란 초상화. 지그시 바라보는 눈, 세상을 관조하는 시선, 아주 오래전에 먼 옛날에도 세상은 어지러웠고 사람은 흔들렸노라고 가만히 말하는 듯하다. 모두 곧 지나가니 기다리라고 위로해주는 듯하다. 이 초상화는 아빠의 오랜 소장품이었다. 그분의 인품과 성품이 고스란히 드러나는 이 초상화를 나는 몹시 좋아했다.

조선 시대는 초상화의 시대였다. 한국 미술사상 가장 많은 초상화가 그려졌고, 500년 동안 예술성 높은 명작들이 쏟아져 나왔다. 궁궐이나 사당, 서원 같은 곳에 걸어두고 충효 사상을 기리는 유교 사회의 좋은 본보기가 됐다. 조선 시대 초상화의 특징은 매우 치밀한 사실적 묘사. 요즘 사람들은 실제보다 더욱 예쁘고 멋지게 보이고 싶어 포토샵이라는 기능을 마구 사용하지만, 그래서 실물을 보고 깜짝 놀라는 경우도 왕왕 있지만, 우리의 옛 초상화는 있는 그대로의 모습을 재현한다. 마마를 앓았던 흔적이나 사시 등 얼굴의 흠도 있는 그대로 진솔하게 그렸다. 그래서 초상화 앞에 서면 나도 모르게 마음을 조아려 경의를 표하게 된다. 쉽지 않은 세상 속에서 그런 형형한 눈빛으로 남았다는 건 그의 성찰을 가늠할 수 있기 때문이다.

우리는 지금을 살지만, 또 언젠가는 무엇으로 남게 된다. 사진이든 이야기든 기억이든 어떤 형태로든. 무엇을 남기려고 애쓰는 것은 인간의 본능인지도 모른다. 하지만 지나치게 타인을 의식하는 삶은 공허와 피로를 수반한다. 살수록 관계도 인연도 넘치는 세상이므로 내가 중심을 잡지 않으면 마음이 자꾸 넘어진다. 남의 시선에 신경 쓰기보다는 가장 먼저 내게 집중하고 내 마음을 살피는 일이 먼저다. 나를 사랑하는 사람이 남도 사랑할 수 있기 때문이다. 이기양의 초상화는 그 역사적 가치와 의미를 인정받아 서울역사박물관으로 옮겨졌다. 더 많은 사람이 그분을 마주하기를 바란다. 그분의 눈빛에 감화되기를 바란다.

다시 제주 다시 당신

이번에는 새별오름이다. 여름이 막 시작된 제주는 푸른 물이 잔뜩 올라 싱싱했다. 새별오름은 작은 동산 높이였지만, 오르는 길은 상당히 가팔랐다. 중간에 잠시 멈춰 쉴 때 올라온 길을 내려다보자 다리가 휘청거렸다. 시선은 언제나 앞에 둘 것이었다. 앞만 보며 단숨에 올랐다. 오름 정상에 오르자 근처 마을과 숲이 퍽 가까이 보였다. 몹시 다정한 풍경이다. 오름길을 따라 천천히 걸었다. 풀내음을 실은 바람이 연신 불어왔다. 우리는 아까부터 말이 없었다. 같은 길을 걸으며 같은 풍경을 갖게 된다는 것으로 충분한 기분이었다.

1년 사이에 제주를 대여섯 번 다녀왔다. 모두 같은 사람들과 전부 당일치기로. 우리는 한 팀 같았다. 원래부터 잘 아는 친구들이지만, 함께 떠났다가 돌아올 때는 속속들이 더 잘 알게 됐다. 장점을 더 많이 발견했고 더 깊이 이해하게 됐다. 여행에서 얻어오는 것은 언제나 사람이다. 풍경을 공유하면 훨씬 더 행복해진다. 우리는 처음에는 바다로 갔다. 애월, 협재, 성산 일출봉 등 바다가 어여쁜 지점을 찾아다녔다. 그런데 여러 번 가다 보니 바다보다 오름이 그리 좋았다. 아끈다랑쉬오름, 용눈이오름, 군산오름, 새별오름. 이름도 정말 어여쁘다.

바다는 언제나 아름답고 거대했다. 그래서 나는 그 앞에서 수동적이었다. 말 잘 듣는 아이처럼 감동을 수용했다. 종일 걸어도 바다는 바다만 보여줬다. 하지만 숲은 아니었다. 숲은 시시각각 다르고 다정했다. 그래서 나는 그 속에서 능동적이었다. 실컷, 한껏 풍경을 탐닉하러 돌아다녔다. 사려니 숲의 삼나무에서 다랑쉬오름의 키 큰 억새까지. 부지런히 움직이는 대로 숲은 다 다른 풍경을 보여줬다. 그러다 보면 몸도 마음도 잔뜩 푸른 물이 들었다.

마지막으로 들른 곳이 서귀포 이중섭미술관. 미술관 들어가기 전에 이중섭 산책로를 천천히 걸었다. 크지 않은 공원은 이중섭의 거주지와 조각들로 다정하게 꾸며 있었다. 그가 살던 집을 원형대로 복원해놓은 초가를 가만히 들여다봤다. 생각보다 훨씬 작은 공간이었다. 이 작은 공간에서 이중섭은 매일 가족을 사랑했고 그 일상을 그렸을 것이다. 같은 풍경을 보고 또 봤을 것이다. 그 속에서 우리가 익히 아는 그 명작들이 나왔다.

예전에는 처음 가보는 길을 좋아했다. 동네에서도 늘 다니던 길보다 새로운 길로 걸어가거나 새로 생긴 곳들을 발굴하기를 즐겼다. 일상에 익숙해지기보다 낯설기를 원했고 그것이 새로운 감흥을 불러일으킨다고 믿었다. 그런데 나는 얼마 전부터인가 늘 다니던 길을 가볍게 걷는 것을 좋아한다는 것을 알았다. 제주도 몇 번이고 다시 가고, 오름도 갔던 곳을 다시 오르고 내려왔다. 갔던 곳을 다시 가 그곳의 여전함에 안도했다. 변하지 않는 무엇들이 있음에 적잖이 위로받았다. 나는 감동이란 새롭고 놀라운 것을 접했을 때 더 큰 것이라고 생각했다. 그래서 좀 더 새롭고 강렬한 자극을 찾아다녔는지도 모른다. 그런데 진짜 감동이란 익숙한 무엇에 있었다. 가까이 있는 사람에, 자주 마주치는 풍경에 그 실체가 있었다.

이제는 사람도, 풍경도, 다시 보는 것이 무척 좋다. 빠르고 정신없는 세상 속에서 여전한 것들이 그리도 고맙다. 오랜만에 찾아간 고등학교 앞 한아름 분식점이 그대로 있어 정말 고맙다. 친구들과 했던 이야기 또 하고 또 하는 반복 재생 수다도 무지 고맙다. 제주 평대리 성게 국수 한 그릇의 변함없는 맛이 진심으로 고맙다. 여름에는 불볕에 지치고 불쾌도 왕왕일 것이다. 하지만 그것도 견딜 만한 것으로 만들려고 서둘러 제주행 비행기 표를 예약한다. 가을의 아끈 다랑쉬오름은 환희다. 내 키만 한 황금빛 억새들이 바람을 타고 논다. 나는 그 속에서 몇 번이고 길을 잃어도 좋다. 모

두 숨는데 아무도 찾지 않는 억새밭의 숨바꼭질. 함께 갈
사람, 여기 붙어라.

레베카 수녀님

책상을 정리하다가 서랍 속에 고이 둔 액자 하나를 찾았다. 박수근의 〈나무와 여인〉이 프린트된 작은 액자다. 박완서의 처녀작 『나목』이라는 소설의 모티프가 된 그 작품이다. 가운데에 앙상한데 커다란 나무 한 그루와 두 여인. 하나는 아이를 업었고, 하나는 광주리를 이었다. 지난한 삶을 이고 지고 있지만, 기죽을 것도 어려울 것도 없는 모습이다.

이 액자를 선물 받은 것은 20년도 더 됐다. 나는 결혼하기 전에 광고 회사의 카피라이터로 일했다. 내 바로 옆자리 동료인 효진 씨가 선물해준 것이다. 그는 이른바 시골 사람이었다. 청주에서 나고 자라 대학까지 거기서 마치고 서울로 막 입성한 촌사람이었다. 동그란 눈, 동그란 얼굴, 동그란 머리 스타일. 나는 그가 귀여웠고 단박에 좋아졌다.

우리는 퍽 좋은 파트너였다. 아니 그가 나를 늘 배려하고 돌봤다. 서울에서 나고 자라 새침떼기 같지만, 사실은 덜렁거리기 일쑤고 구멍투성이인 나는 손이 많이 가는 사람이었다. 광고 회사 사람들은 툭하면 밤샘 작업도 불사했는데 나는 외박은 절대 안 된다며 집으로 가버렸다. 뒷감당은 그가 해줬다.

어느 날, 효진 씨가 작은 꾸러미를 내밀었다. 박수근의 〈나무와 여인〉이 들어 있었다. "지영 씨, 이 그림 보고 지영 씨가 생각났어요. 우리 사는 일이 어려워도 이렇게 당당하게, 온기 가득하게 살아요. 나 회사 곧 그만두게 됐어요. 내가 정말 가고 싶은 길이 생겼거든요. 나… 수녀원에 들어가요."

문득 내 오랜 친구 효진 씨가 보고 싶다. 10년 전 어느 밤에 나는 불쑥 그를 찾아갔다. 그때 나는 사는 일이 너무 힘들어 울음을 잔뜩 가지고 갔다. 그는 까리따스 수녀회 조용한 부엌에서 나와 어린 딸에게 소박한 찬들로 밥을 차려주고 가만히 바라봤다. 다 늦은 저녁을 천천히 먹으며 속세의 고통을 여기까지 끌고 온 내가 문득 부끄러워졌다. 나는 그냥 별말을 하지 않았고 그도 더는 묻지 않았다.

집에 돌아가려고 택시를 탔는데 그가 불쑥 작은 꾸러미를 건넸다. 내가 고마움을 전할 새도 없이 그는 택시를 출발시키고 차가 시야를 벗어날 때까지 손을 흔들어줬다. 부드러운 파란 천으로 된 작은 주머니에는 십자가가 달린 묵주와 짧은 쪽지가 들어 있었다. "지영 씨, 이건 묵주라고 기도할 때 쓰는 거예요. 마음이 힘들 때는 손에 가만히 쥐어요. 기도는 내가 할게요." 택시 안에서 내내 울었고 그렇게 뜨겁고도 시원한 눈물은 다시는 없었다.

그 후로 10년도 더 지났다. 이렇게 중년 아줌마로 늙어가는 나를 보면 그는 뭐라고 할까. 참 잘했다고, 참 잘살았다고 등을 토닥여줄까. 아니면 그 동그란 미소로 말없이 안아줄까. 또 한 10년은 거뜬할 수 있는 용기를 주겠지. 〈나무와 여인〉 액자를 꺼내어 잘 보이는 곳에 세워뒀다. 나무를 지나 세상 속으로 나아가는 한 여인을 다른 한 여인이 물끄러미 바라보고 있다. 그를 찾아야겠다. 레베카 수녀님.

어디서 무엇이 돼 다시 만날까

빵집이 문을 연다. 막 볶아낸 에티오피아 예가체프 향이 기막히다. 하얀 벽면에 김환기의 판화 석 점이 나란히 걸려 있다. 말년에 뉴욕에서 한 작품들로 일명 '파란 추상화들'. 무수히 찍어 놓은 수많은 점 〈어디서 무엇이 되어 다시 만나랴〉는 사람의 인연에 대한 작품이다. 먼 타국에서 무수한 점을 찍고 또 찍으며 그리운 사람, 스쳐 간 사람, 그 안에서 다시 만나고 떠나보냈을 것이다. 작은 판화로는 대작의 느낌을 살릴 수 없지만, 그 의미를 되새기기에 충분하다.

친구는 막 내린 커피를 하얀 머그잔에 가득 담아 탁자 위에 달그락 놓아주고는 다시 자기 자리로 간다. 빵 반죽을 하는 중이다. 몸과 마음을 다 쓰는지 반죽하는 친구의 등이 세심하게 애를 쓴다. 단단한 팔의 움직임과 부드러운 손놀림을 보면서 나는 커피를 마신다. 코로 먼저 향을 마시고, 입으로 호록 맛을 음미한다. 부드럽다. 커피를 마시는 행위는 행복의 구체다. 잠깐의 행복에 각성되려고 우리는 그 많은 커피를 소비하는 거니까. 어느새 반죽을 마친 친구가 돌아보며

묻는다. "빵 줄까?" 나는 방긋 웃으며 대답한다. "응. 시나
몬 롤."

교대역 1번 출구 근처 베이커스 테일. 친구의 빵집이다. 발
효 빵들과 크로와상 종류를 만드는 소박한 가게다. 친구는
대기업을 다니다가 좋아하는 것을 하고 싶어 뛰쳐나와 빵집
사장이 됐다. 손님도 많지 않아 늘 자리가 남고 또 빵도 많
이 남는다. 친구는 그래도 해맑다. 빵이 정말 많이 남는 날
은 어김없이 전화가 온다. "빵 싸놓았다. 가져가라." 나는
종종 잔소리를 한다. 블로그에 새로운 메뉴를 이야기 하는
등 마케팅을 좀 더 공격적으로 하는 게 어떻겠냐고 진심 어
린 말을 한다. 친구는 늘 같은 대답을 한다. "마음 편하게
살려고 이거 하는데, 나를 들볶기 싫어. 너무 잘하려고 애쓰
지 않으련다."

이곳에는 특별할 것 없는 일상의 소소한 사건들이 가득하
다. 빵집에 들르는 사람들은 거의 단골이다. 나는 시나몬
롤을 커피에 녹여 천천히 먹으며 친구와 수다를 떤다. 단맛
이 입안에 가득 퍼지며 인생이 단박에 달콤해진다. 나는 그
달콤함에 그만 방심해서는 어젯밤 잔뜩 취해 벌인 웃기고
슬픈 실수를 터놓고 만다. 부끄러운 줄도 모르고, 창피한 것
도 모른다. 친구는 가볍게 웃지만, 흘려듣지는 않는다. "그
게 뭐가 실수냐. 그럴 수도 있지." 무심한 듯 툭 던지는 말에

간이 커진다. 배포가 커진다. 친구의 한마디는 역시 대단한 힘을 갖는다. 나는 의기소침하던 마음을 빵 부스러기처럼 쓸어버리고, 다시 시나몬 롤처럼 향긋해지고 당당해진다. 어디 내놓아도 손색없는 시나몬 롤은 정말 맛있다.

사람은 타인에게 얼마나 따뜻한 존재일까. 부족하다 싶으면 서운하다 하고, 조금 넘친다 싶으면 피곤해하는 관계의 방만 속에서 나를 아끼고 싶을 때면 이곳에 온다. 사람에게 여유롭고 관계에 느긋해지자, 편안해지자. 물론 결심을 백 번 한다고 해도 동동거리며 여전히 복닥거릴 테지만, 나는 알고 있다. 내 친구가 내려주는 커피 한 잔과 시나몬 롤, 특별할 것 하나 없는 일상의 수다, 단골끼리 나누는 간단한 눈인사, 그런 것들이 주는 생의 감사를. 김환기의 푸른 점들처럼 어디서 무엇이 되지 않아도 언제든 다시 만날 수 있는 생의 안도를. 어쩌면 인생 최대치의 행복은 그런 것에 있는지도 모른다. 정말 그렇다는 확신마저 드는 것이다.

오래된 친구

딱! 두꺼운 30센티미터짜리 자와 손바닥의 파찰음이 제법 묵직한 소리를 냈다. 아빠에게 처음 매를 맞았다. 나는 입시를 앞둔 고등학교 3학년이었다. 어렸을 때부터 말 잘 듣고 얌전한 큰딸이었던 나는 거의 혼난 적이 없었다. 그런데 매라니! 그것은 모두 책에서 비롯된 일이었다. 이때 그전에 읽던 명작이나 고전에서 벗어나 새로운 장르에 눈떴다. 현실과 정치를 기반으로 한 소설들, 윤정모의 『고삐』, 최인훈의 『광장』, 막심 고리키의 『어머니』 등 삶의 지난한 고통과 아픔이 소설뿐 아니라 실재한다는 것을 알았고 놀랐고 아팠다. 세상을 더 많이 알고 싶었고, 느끼고 싶었고 그래서 책을 읽었다. 고등학교 3학년 방에는 각종 책이 쌓여갔고, 공부보다 독서에 더 열을 올렸다. 워낙 알아서 잘하는 큰딸인 터라 부모님은 별로 간섭하지 않았지만, 대학 입시를 앞두고 일이 터졌다. 앞으로 글을 쓰겠다고 했다. 다른 어떤 것도 의미 없다고 했다. 나는 내 멋대로 진로를 정했고, 아빠는 얌전하고 순종적인 딸이 반항하는 원인을 책으로 규정했다. 우리 집 초유의 분서갱유 사태가 일어났다. 내 방의 책들은 깡그리 폐지 리어카에 실리고 말았다.

나는 의외로 반항에 소질이 있었다. 넘을 수 없는 벽 같았던 아빠의 아성을 뚫고 나는 내 뜻대로 문예 창작과에 입학했다. 나는 의기양양했다. 어깨는 잔뜩 솟아 있었다. 마치 작가라도 된 듯 신나 있었다. 하지만 시작이 반이라는 것은 투지를 갖고 있을 때의 이야기였다. 나는 바로 나태해졌고 게을러졌다. 젊음이 주는 달콤함에 느슨해졌고 게다가 사랑에 빠져 감정에만 격해졌다. 내 삶을 깨우고 영혼을 밝히던 책들은 책장 구석으로 밀려났고, 아포리즘 같은 강렬한 문장들에 의존했다. 긴 책을 읽을 물리적 시간이 없을 때 시는 퍽 강력하다. 나는 시에 매료됐다. 나는 아동 문학 동인에 들었고 동시를 썼다. 상도 받고 대학교 3학년 때 등단이란 것도 하게 됐다. 하지만 곧 시는 오래된 애인처럼 시들해졌다. 나는 늘 새로운 자극을, 강렬한 감성을 원했다.

결혼 이후의 삶은 안타까움의 연속이었다. 책을 꽤 많이 읽었으나 마음에 문장을 남기진 못했다. 육아로 지쳤고 사람에 시달렸다. 요리는 늘지 않았고 살림도 재미없었다. 독서는 유일한 도피처였지만, 몰입되지는 않았다. 맛없는 음식을 먹고 배부른 느낌이었다. 나는 삼십 대를 내내 그런 기분으로 보냈다. 그러다가 미술관에 가기 시작했다. 과천 현대미술관, 서울 시립미술관, 예술의 전당 한가람미술관 등. 매일 똑같은 일상이었기에 하나라도 다르면 특별한 느낌을 찾아내려고 안간힘을 썼다. 책을 읽으면 독후감을 쓰듯 그림을 보면 관람평을 썼다. 그때부터 내 몸과 마음의 감각들이 다시 살아났다. 나를 둘러싼 세계에 기민해졌고 흐르는 시간에 민감해졌다. 비슷한 날들이어도 똑같은 것은 없었다. 시시각각 모든 세계가 달랐고 고유했다. 다르게 보는 눈은 색다른 즐거움을 가져다줬다. 해마다 오는 봄에도 처음 본 듯 펄쩍 뛰었다.

나는 예전에는 책을 맹신했다. 세상도, 사랑도, 예술도 책으로 배우고 먼저 익혔다. 오죽하면 책으로 배워 친구들 연애 상담도 다 해줬다. 책은 모든 것을 알려줬고 제일 유용한 팁이었다. 그런데 살아보니 이론과 실제는 또 다른 세계였다. 나는 언제나 새로운 자극을, 강렬한 감성을 원하므로 아는 것에 만족하지 않았다. 나는 경험주의자가 돼서 해보기로 작정했다. 그림을 보며 마음을 깨우고 더 나아가 서울대학교미술관에서 하는 예술 경영 과정을 시작으로 미술관들의 여러 강의를 찾아다니며 공부했다. 그리고 그렇게 배운 수많은 세계, 감정, 심연의 늪까지 되도록이면 가보자고, 해보자고 자신을 부추겼다. 두려워 멈칫거릴 때는 괜찮다고 스스로 위로했다. 필요한 것은 용기뿐이었다.

나는 이제 다시 새로운 도전 앞에 섰다. 독자에서 벗어나

화자가 되기로 한 것이다. 책은 여태 오랜 친구였고 선생이었다. 그리고 이제는 애인이 되려 한다. 매일매일 속삭이고 어루만지고 그 속으로 들어가 보려고 한다. 아마 쉽지 않은 애인일 것이다. 손을 내어주는 데 한 달, 어깨 두르는 데 두 달. 하지만 괜찮다. 내게는 변치 않을 순정이 있고 기다려줄 시간이 있기 때문이다. 꿈은 이뤄진다는 말은 진부하지만, 하고 싶은 이야기다. 물론 그쪽으로 계속해 움직인다면.

명랑한 이별

오래전 나는 춤바람이 났다. 용산구청에서 하는 치매 예방 사교 댄스 교실에서였다. 나는 그 수업에서 춤 봉사를 했다. 수업에 오는 분 대부분이 일흔 이상 할머니들이었다. 그러다 보니 할아버지 파트너는 아주 귀하신 몸이었다. 파트너가 부족하다 보니 나는 남자 스텝을 배워 춤 파트너를 하는 봉사를 하게 된 것이다. 실은 나는 몸치라 춤은 젬병이어서 내가 하는 행위는 춤이라기보다 체조에 가까웠다. 그런데도 이른 아침 시간에 하는 그 춤 봉사를 빠진 적이 거의 없었다. 그것은 웃기고 신기한 일이었다.

할머니들의 거친 손바닥, 생기 없는 부스스한 흰머리, 한껏 차려입어도 촌스러운 울긋불긋한 꽃 천지의 옷 때깔, 그리고 매일 열심히 진도 나가도 다음번에는 깡그리 까먹고 처음부터 다시 시작해야 하는 웃지 못할 상황까지. 게다가 본인들이 실수 연발이면서 자꾸 내 탓을 했다. "남자가 손을 잘 잡아줘야지. 남자가 잘 이끌어줘야 실수를 안 하지." 내가 진짜 남자로 보이나 어이도 없었다. 그러면서 나는 점점 스텝에 익숙해졌고 실제로 할머니들을 꽤 잘 돌리게 됐다. 할머니들은 부드럽게 리드하는 내 손길에 빙글 돌았다가 새초롬했다가 무슨 무도회에 온 것처럼 즐거워했다. 나는 정말 기뻤고 더 열심히 돌려드렸다.

할머니들은 나를 "이쁜이 슨상님"이라고 불렀다. 모두 일렬로 서서 똑같은 동작으로 돌아가며 춤을 추는데, 나와 순서가 되면 모두 덕담을 아끼지 않으셨다. "아이고, 어찌 이리 이뻐! 아직 젊으니 뭐든 다 해봐!" 그러고는 사탕이나 초콜릿을 주머니에 넣어주시기도 했다. 내 나이 마흔 즈음, 그 나이에 듣기 힘든 칭찬 일색이었다. 그때 나는 갤러리를 시작한 지 얼마 안 됐고 아빠가 갑자기 돌아가셔서 마음이 무척 힘든 때였다. 봉사 다니는 선생님의 소개로 시작한 일이었지만, 무엇을 기대한 것은 전혀 아니었다. 그저 내 기운을 쓰고 싶었고, 그렇게 잠시나마 내 상심을 잊고 싶었는지도 모르겠다.

그런데 시간이 지날수록 신기했다. 나는 춤을 추며 저절로 고개를 까딱였다. 할머니들과 일일이 눈을 맞췄다. 이를 드러내며 활짝 웃었고, 뽕짝 음악에 맞춰 리듬을 탔다. 기어코 춤바람이 난 것이다. 할머니들과 아침 댓바람의 춤바람은 무척 흥겹고 즐거웠다. 할머니들의 "이쁜이 슨상님" 소리에 마음에는 화기가 돌았고, 다정한 사탕 한 알에 눈 밑 그늘은 어느새 지워졌다. 나는 다시금 괜찮아졌다.

봉사는 궁극적으로는 자기만족의 최고 단계인지도 모른다. 나도 유난히 봉사에 열을 올리는 편이지만, 사실은 내가 기쁘고 좋아서 그 일들을 한다. 그리고 남을 돕는 일이지만, 결국 나를 돕는 일이라는 생각이 든다. 1년간의 춤바람을 마치고 그간 함께했던 할머니들과 일일이 껴안고 악수를 나눴다. 할머니 몇 분은 눈물을 흘리셨다. 늙으면 눈물이 많아진다고 하셨다. 왜냐하면 다시 볼 수 없는 것을 알아서란다. "아니에요. 우리 곧 다시 만나 신나게 춤춰요!" 나는 필사적으로 명랑하게 이별했지만, 그 후로 다시 만날 수는 없었다.

나는 지금도 명랑한 이별을 종종 한다. 입에 발린 소리든 짐짓 거짓이든 어떤 사회 관계망 속에서 만났다가 헤어질 때 "우리 곧 다시 만나요!"라는 말은 적잖은 안도를 준다. 이 넓은 세상에 잠깐 스쳐 지나가는 일도 전생의 기막힌 인연이라고 하지 않는가. 내 마음의 그 작은 안위를 위해 나는 오늘도 입술에 침을 바르고 눈웃음을 보태 인사를 건넨다. "우리 다시 만나요. 꼭이요."

미용실과 소나무 숲

단골 미용실을 정해두지 않는다. 모험을 즐기는 편이다. 혹여 어느 스타일이 마음에 쏙 들면 한 두세 번은 그곳을 간다. 하지만 계속 가지는 않는다. 신기하게도 어느 날, 거리를 걷다 불쑥 미용실이 가고 싶어진다. 내가 하는 미용 시술이라고는 기껏해야 커트 정도여서 시간도 짧고 간단하다. 낯선 도시를 걷다가 잠시 시간이 나 즉흥적으로 미용실에 가면 마치 내 흔적을 남기는 행위 같기도 해서 나는 기분이 퍽 좋아진다.

동네 미용실은 거의 한 번씩은 다 가본 것 같다. 워낙 짧은 커트 머리여서 금방 잔머리가 자라므로 한 달에 한 번은 커트를 해야 한다. 새로 생긴 미용실이 있어 눈여겨 봐뒀다 가게 됐다. 새로운 곳은 언제나 탐험가의 큰 재미니까. 입구부터 근사했다. 격자무늬 출입문은 양쪽 문으로 돼 있어 고전적이면서 세련됐다. 문을 열고 들어가자 표정 밝은 직원들의 친절한 응대가 이어졌다. 나무랄 데 없었다. 물론 이른바 '개업빨'인지도 몰랐다.

헤어 디자이너와 상남하며 향 좋은 커피 한 잔을 대접받았다. 상담이랄 것은 없었다. 나는 늘 그렇듯이 웃으며 말했다. "맡길게요, 적당히 다듬어주세요." 손님의 무심한 듯한 말투에 당황했는지 두꺼운 헤어 스타일 책자를 내밀던 그가 눈을 동그랗게 뜨며 얼른 내 머리 상태를 살폈다. 아름다움과는 무관한 손님이라고 생각했을까. 하지만 그는 세심하게 살폈다. "앞머리는 귀 뒤로 꽂을 수 있게 다듬고요. 뒷머리는 무겁지 않을 정도로 너무 짧지 않게 자를게요."

완벽했다. 몹시 구체적이고 내 마음에 쏙 드는 스타일링이었다. 안내를 받아 샴푸를 하러 가는데 미용실 한 쪽 벽면을 거의 다 차지한 100호도 넘는 사진이 눈에 띄었다. 연무가 그득한 새벽녘의 소나무 숲. 배병우의 작품이었다. 가던 발길을 멈추고 뒷걸음질을 쳤다. 제대로 관람해보고 싶었다. 연무 때문에 뒤의 나무들은 흐릿해 보이지만, 수많은 나무가 적당한 간격을 둔 채 빼곡하게 자리 잡은 소나무 숲이다. 산도, 길도 보이지 않는다. 다만 그 자리에서 변하지 않을 그들만을 찍었다. 고독해도 굳건할 그들을.

가끔 뜻밖의 장소에서 예상치 못한 감흥을 만날 때가 있다. 타인의 진심 어린 환대나 이런 예술과의 조우가 그렇다. 알고 보니 미용실 대주주가 예술품 애호가라고 했다. 강남에 미용실을 오픈하면서 큰마음 먹고 내놓은 것이라고 했다.

미용실은 내가 가본 수많은 미용실 중 가장 아름다웠다. 탁 트인 천장과 창문, 간격이 널찍한 의자들, 흔히 볼 수 있는 조악한 진열장도, 미용실 카트도 없었다. 그곳은 미용실 안에 카페와 스파, 네일샵, 꽃집까지 다 있었는데 탄성이 나올 만큼 멋진 공간이었다. 게다가 배병우의 〈소나무〉라니. 나는 주변에 소문을 냈다. 다정하고 기민한 디자이너가 있고, 근사한 소나무 숲이 있는, 더할 나위 없이 아름다운 그 미용실을. 드디어 나도 단골 미용실이 생겼다.

나도 비평가

비평에 한해서는 몹시 취약하다. 그림을 볼 때도 처음에는 별로였어도 잘 들여다보면 어느 한 구석은 꼭 내 마음에 든다. 영 재미없을 것 같은 먹그림에도 이야기가 들어 있고, 뭔지 잘 모르겠는 추상화에도 유의미한 형태가 찾아진다.

음식을 먹어도 이미 눈으로 "와우!" 하는 순간 뇌가 먼저 그 맛을 느끼고 있다. 굳이 맛집이 아니라도 음식 본연의 맛이란 것은 언제나 기쁨이다. 기호가 이러하다 보니 좋지 않은 작품이 없고, 맛이 없는 음식이 없다. 참 쉬운 여자랄까.

나이 들수록 타인은 잘 보고, 본디 자신은 잘 보지 못한다. 비판은 가깝고 칭찬에는 인색하게 된다. 그리고 그 모든 판단은 빠를수록 좋다고 생각한다. 과연 그런가. 언젠가부터 판단을 유보하는 습관이 생겼다. 되도록이면 판단 자체를 안 하고 싶다. 사람은 일단 판단하면 내가 맞는지 확인해보고 싶고, 화제에 올리고 싶고 그러면 회자되기 마련이고 좋은 이야기가 안 나오는 게 인지상정이다.

그저 열정으로 그려낸 작품을 어여쁜 눈으로 보면 되고, 열심히 요리한 음식을 고마운 마음으로 먹으면 그만 아닌가. 진짜 비평해야 할 사람은 되도 않는 욕심으로 괴롭고, 해결도 못할 걱정 때문에 고민하고, 백팔 번뇌가 하루에도 백만 팔백구십구 번 일어나는, 내 안에 있는 바로 그가 아니냐고.

엄마는 초보 예술가

엄마는 영화광이다. 그리고 모자광이다. 그날그날 기분에 맞는 모자를 쓰고 낭만극장, 실버극장, 청춘극장을 두루 다니며 영화를 본다. 물론 왁자지껄 재미있는 60년 지기 여고 동창생들과 몰려다닌다. 그리고 항상 〈벤허〉, 〈빠삐용〉, 〈로마의 휴일〉, 〈여로〉 등 그 옛날 명화들을 다시 보러 간다. 내가 권하는 새로 나온 재미있는 영화들도 가끔은 찾아보지만, 그래도 역시 옛날 영화를 훨씬 더 좋아하신다. 봤던 것을 또 보는 게 더 재미있다고 하신다. 음악도 늘 듣던 것을 또 듣는 게 좋다고 하신다. 사람도 늘 만나오던 사람을 만나는 게 즐겁다고 하신다. 하긴 60년째 같은 친구들과의 수다가 하나도 지루하지 않은 듯하다. 새로운 것들은 이제 왠지 조금은 두려운 기분이라고 하셨다.

그런 엄마가 작년부터 그림을 배우기 시작했다. 기초 소묘부터 시작해 펜화를 거쳐 지금은 수채화 중급 단계다. 처음에 한 서너 달 배우시고는 연필선이 어설픈 바나나 스케치를 사진으로 보내오셨다. 그 이후로도 사과 몇 알, 참새 세마리 같은 스케치 사진을 쭉 보게 됐다. 그러더니 어느 날, 드디어 채색을 하게 됐다며 신난다고 하셨다. 수채화는 생각보다 섬세한 작업이어서 각별히 집중해 배우셨다. 물의 농도며 붓의 쓰임에 특히 신경을 쓰셨다.

"그것 봐, 맨날 그림 보기만 하다가 직접 배워 그려보니까 훨씬 더 재밌잖아! 무엇이든 해봐야 한다니까! 엄마 늙었다고 못할까 봐 두려워하면 안 돼. 죽을 때까지 배워야지. 평생 학생의 신분으로 사는 게 젊게 사는 비결이라니까." 배움 중독자 딸의 잔소리에 엄마가 끄덕였다. 엄마는 그림을 보는 안목도 워낙 뛰어나 웬만한 그림 감정도 척척 해내신다. 아빠 옆에서 평생 그림을 보다 보니 전문가가 다 되셨다. 그런 엄마가 이제 초보 예술가가 되셨다. 벌써 스케치북 몇 권째 엄마의 마음과 세계가 가득히 찼다. 정말 사랑스럽고 또 자랑스럽다.

아직도 실험적 예술에 호기심이 충만하고, 새로운 공부에 금방 매료되고, 매력 있는 사람에 눈이 반짝 빛난다. 그래서 종종 피곤해지기도 한다. 엄마는 웃으며 말씀하신다. "너도 늙어봐라. 새로운 기억을 만들기보다는 오래전 추억이 더 편해지니까. 그것만으로 충분히 행복하니까." 나는 과연 언제까지 새로운 기억들과 추억들을 생성하는 데 내 에너지를 쓸 수 있을까. 엄마처럼 죽을 때까지 배우고 힘닿는 대로

놀 수 있을까. 물론 걱정은 안 한다. 이미 갈 데까지 가보기
로 작정했다.

일이다

"관객이 많건 적건 그건 중요한 게 아니에요! 우리가 즐기는 게 첫 번째죠! 그러니 우리 재미있게 놀아요!" 반포도서관에서 문화가 있는 날 가을 축제를 기획했다. 가을에 어울리는 작은 콘서트와 문화 예술 바자회로 알차게 꾸몄다. 이런 일들이 다 그렇듯이 준비 과정이 좀 힘들고 일이 많다. 그 과정에서 보통 감정도 상하기 쉽고 지치게 된다. 그런데 나는 운이 좋게도 훌륭한 선생님들과 함께했다. 내가 지치면 뒤에서 밀어주고, 못해도 엄지 척 해주고, 지지와 격려를 아끼지 않는다. 그 덕에 벌써 3년째 도서관 축제를 치러내고 있다. 그리고 축제를 기획하는 것보다 더 어려운 일은 바로 관객 동원이다. 도서관에서 커다란 현수막도 걸어주고 우리가 부지런히 홍보해도 모객은 쉬운 일이 아니다.

그래서 언제나 힘을 줘 독려했다. 우리가 최고의 관객이라고. 기획하고 진행하는 우리가 제일 큰 예술 수혜자고 제일 재밌어야 한다고. 마음이 좋은 우리 선생님들은 선한 웃음으로 호응했다. 이번 축제에 우리는 판화를 만들어 도서관

한쪽에 작은 갤러리를 열었다. 단가를 줄이느라 이케아에서 액자를 구입해 직접 제작하며 공을 들였다. 우리가 즐기면 된다고 큰소리 쳤던 나는 은근히 걱정이 됐다. 저거 다 어떻게 팔지.

도서관은 생각처럼 사람들이 많이 드나드는 곳은 아니다. 그것이 늘 안타깝고 아쉬웠다. 이 아름다운 공간이 책만 보는 고리타분한 곳이 아니라 문화 예술의 재미가 그득한 곳이라는 것을 알리고 싶었다. 그래서 조금 시끌벅적해도 다양한 문화 예술 축제를 기획하게 된 것이다. 오늘의 콘서트는 도서관 로비 한가운데에 동그란 빨간 카펫을 깔았다. 따로 다목적 홀이 있었지만, 일부러 사람들이 오고 가는 로비를 택했다. 지나가다가 우연히 발걸음을 멈추길 바랐다. 가을을 닮은 첼로 소리와 바흐의 〈무반주곡 1번〉 속으로 여행하기를 바랐다. 가을을 부르는 짙은 색소폰 소리에 가슴한 귀퉁이를 적시기를 바랐다.

다행히도 판화는 잘 팔렸다. 물론 친한 몇 사람에게 강매도 했다. 부담 없이 싼 가격이기도 했고, 보육원에 그림을 거는 봉사에 동참하는 일이라고 하니 다들 깎지도 않고 가져갔다. 표현은 못했지만, 정말 고맙고 가슴이 벅찼다. 로비 콘서트도 호응이 좋았다. 마지막 순서였던 색소폰 연주는 앙코르가 계속 나와 연주자가 땀이 흠뻑 젖도록 혼신의 연주를 했다. 내가 큰소리 친 대로 우리가 제일 많이 즐겼고 제일 크게 웃었다.

이런저런 예술에 관련한 일을 하면서 절실히 깨닫는다. 보고 듣는 것은 다 일이다. 게다가 마음으로 공감하는 것은 결코 쉬운 일이 아니다. 좋은 그림들이 즐비한 전시관이 텅 비어 적막할 때에도, 좋은 연주들이 기다리는 공연장 관객석이 드문드문할 때에도 뼈저리게 깨닫는다. 보고 듣는 것은 일이다. 시간과 마음과 어쩌면 물질까지 들어간다. 거기에 공감까지 한다면 얼씨구나 감사할 일이다.

좋은 것을 좋다고 보는 것도, 아름다운 것을 아름답게 듣는 것도, 사실은 다 일이고 공부고 헌신인 것이다. 관객이 모든 예술의 주체인 이유다.

아름다운 사십 대

그림을 보고 울었던 기억이 있다. 그것도 가슴 어딘가 찌르르 아파 한동안 그림 앞에서 눈물을 훔쳤다. 서울 시립미술관에서 하는 윤석남의 〈심장〉 전시였다. 내가 멈춰 선 그림은 도화지에 그리고 쓴 드로잉 소품이었다.

도화지 가득 크게 그려진 그 자신은 어머니를 마치 아기처럼 한 손으로 안고 있다. 그도 꽤 나이 든 모습이고 주름이 깊게 파인 얼굴에 커다란 눈물 한 방울. 그런데 그의 품에 안긴 아기 같은 어머니는 너무나도 해맑은 얼굴이다. 늙은 딸이 그리도 좋아 목에 손을 꼭 두르고 한껏 행복해하는 모습이다. 그림 바로 옆에는 연필로 삐뚤빼뚤 쓴 짧은 시가 적혀 있다.

"가볍다. 너무 가벼워서 깃털보다 가벼워서 답싹 안아올렸드니 난데없이 무거운 눈물 두 방울 투두둑 떨어졌다. 그것 본 울 엄마. 애야, 애야 우지마라. 그 많던 걱정, 근심 다 내려놔서 그렇니라. 하신다." 「어머니」, 2001년 7월 12일, 윤석남

마흔이 넘어 화가의 길로 들어선 그는 지금껏 왕성하게 작품 활동 중이다. 어머니에 대한 끝없는 연민의 모티프에서 시작해 세상으로 넓어지는 따뜻한 시각이 참 좋다. 마흔이 넘어 무언가를 시작해 일가를 이룬 여자들의 이야기를 접할 때면 비록 그 고난의 역사가 설화처럼 아득해도 불현듯 용기백배한다.

나이 들수록 멘토나 롤 모델이 필요하다. 젊음을 미처 인식하지 못한 채 사랑으로, 결혼으로, 또 육아로 마구 살아 재끼던 시절을 지나 나이 들어가는 즐거움과 사랑이 주는 양가 감정마저 수용하는 지경에 이른 '지금'의 소중함을 알기에 선배들의 이야기는 더욱 소중하다.

나이 듦을 마음으로부터 수용하지 못해 추해지는 경우도 왕왕 봤다. 정작 잘 알면서도 나 자신은 아이처럼 살기를 원하니 이런 아이러니가 없다. 나는 그저 나이 듦을 반감 없이 받아들이되 늙음을 즐겁게 누리고 싶다. 젊음은 잘 모르고 허투루 흘려보냈다면 늙음은 잘 알아둬 성실히 신나게 누리고 싶다. 그래서 나는 멋진 그, 화가 윤석남을 좋아하고 언제나 응원한다.

생각하지 못했던 기쁨

2014년, 미술 심리 치유 수업에 참여했다. 세월호 사건으로 마음은 피폐해질 대로 피폐해졌고 너무 힘이 들었다. 딸이 같은 나이라 더욱 그 상황에 감정이 이입돼 몹시 우울한 날 들을 보냈다. 그때 미술 심리 치유 수업을 알게 됐다. 치유 라는 말에 혹해 수업에 등록했다. 열 명이 함께 하는 수업 은 처음에는 어색했지만, 서로의 마음을 그리고 보여주고 이야기하면서 점차 편안해졌다.

어느 날, 선생님이 마티스의 〈원무〉라는 작품을 보여줬다. 야수파의 대표작답게 강렬한 색감과 구도가 눈을 사로잡 는 작품. 그날은 감정의 표현과 공감에 대해 생각해보는 수 업이었다. 여덟 명이 마티스 그림처럼 동그랗게 원을 만들 어 손을 잡고 서라고 했다. 눈을 감고 가장 행복했던 순간을 떠올리라고 했다. 그 다음 눈을 감은 채로 내 행복한 기분을 손의 동작을 통해 옆 사람에게 전달하라고 했다.

오른손으로 시작해 왼손으로 돌아왔다. 한 사람씩 돌아가며 전달했다. 그런데 놀랍게도 여덟 명 모두 내가 느끼고 표현한 그대로 전달되지가 않았다. 나는 오른손을 세 번 꽉 쥐었는데 왼손으로 돌아올 때는 그냥 한 번 살짝 쥐는 느낌이었다. 어떤 이는 오른손을 깍지 꼈는데 손뼉 치는 것으로 돌아왔다. 처음의 표현과 아예 다르거나 비슷하지만, 뭔가 다 달랐다.

놀라웠다. 그 작은 인원에서도 공감과 소통은 요원한 일이었던 것. 타인이 내 기쁨을 충분히 공유할 수 없을 수도 있고 내 슬픔도 자칫하면 왜곡될 수 있는 것이다. 그러니 우리가 진짜 공감하려면 손의 감각에 조금 더 집중해야 한다. 내 마음이 네 마음에 조금 더 집중해야 한다. 그래야 그나마 겨우 제대로 보이고 들리고 느껴지지 않겠나.

미술 심리 마지막 수업 날, 한 시간쯤 일찍 가서 작은 선물을 준비했다. 한 명 한 명 그 사람을 떠올리고, 그 사람에 어울리는 색깔을 찾아 색종이에 짧은 메모를 썼다. 지극히 주관적으로 본 사람들의 빛깔이다. 내가 좋아했던 수업이기도 했고, 사람에 대해 따뜻해진 시선과 그 마음을 전하고 싶었다. 결과는 놀라웠다. 감동한 선생님께서 한 명 한 명 돌아가며 색종이 편지를 읽어보자고 하셨다. 짧은 글 몇 줄에 그들은 너무도 감격스러워했으며, 울먹이기도 했으며, 큰 용기를 얻었다며 고맙다고 몇 번이나 말했다. 단 몇 분을 할애한 작은 친절일 뿐이었다. 게다가 내가 떠올린 그들의 색깔은 놀랍게도 몇 분은 평소에도 완전 좋아하는 색깔이었다며 신기해했다. 그리고 내게도 열정, 긍정, 친구, 진심 같은 황송한 칭찬이 되돌아왔다.

관계는 헌신을 전제로 한다. 물리적 시간과 마음의 할애를 필요로 한다. 그래서 시작은 더욱 신중해야 하고, 과정은 더욱 사려 깊어야 한다. 그렇게 몸과 마음을 애써야만 하나의 관계가 무르익는다. 내 작은 친절과 따뜻한 미소가 누군가에게 위로가 될 수 있음을 생각하니 그 자체로 내게 위로가 되는 기분이었다. 때때로 순수한 친절을 베풀면 그것은 반드시 내게 돌아온다.

내가 살고 싶은 집

얼마 전, 냉장고를 바꿨다. 퇴근하고 집에 갔더니 냉동실 전원이 나가 주방이 난리도 아니었다. 냉장고가 오래돼서 수리 부품이 없다고 했다. 백화점에 가니 놀라운 기능을 탑재한 최신 냉장고들이 개선장군처럼 쭉 늘어서 있었다. 나는 쓰던 것과 비슷한, 가장 단순하고 기본 기능만 있는 녀석으로 데리고 왔다. 나는 어쩌면 여자로 잘못 태어난 것 같다. 그런 소리를 왕왕 듣고는 한다. 나는 도통 집에 관심이 없다. 그뿐 아니라 멋진 가구며 새로운 가전제품, 예쁜 그릇이나 장식품에도 별로 관심이 없다. 한번 자리 잡은 가구는 이사 가기 전까지 그 자리에 붙박이고, 가전제품도 고장 나기 전에는 새로 들이지 않으며, 그릇은 선물 받는 것으로 그때그때 되는 대로 바꿔 쓴다. 미니멀리즘을 추구하는 것은 아니지만, 집은 그냥 내 몸과 마음이 편하면 된다고 생각했고 단순할수록 운신이 편했다.

맛집에 줄 서는 것을 싫어한다. 무엇을 먹느냐보다 누구와 먹느냐가 중요하니까. 집도 그렇다. 어디에 사느냐보다 어

떻게 사느냐가 중요하다. 그래서 나는 굳이 전원주택이라
거나 자연주의 생활을 꿈꾸지 않는다. 집을 어디에 짓든 내
가 어디에 살든 나만의 공간을 꿈꾼다. 나는 지극히 이기적
인 사람이다. 집도 온전히 개인의 공간이기를 바란다. 가족
이 함께 살되 개인의 시간과 공간을 인정하고 서로 지켜주
는 연대의 공간이기를 바란다. 사랑한다는 이유로 모든 생
각과 생활을 다 함께 공유할 수는 없다. 나만의 시공간을
갖고 싶고 내가 만들어 놓은 비밀들이 안온하게 지켜지기를
바란다. 그것이 진짜 내 집이 아닌가 생각한다.

내 집의 맨 아래층에는 화랑을 열고 싶다. 그리고 하루에
딱 한 작품씩만 전시하고 싶다. 그림 구석구석까지 살펴 작
가의 속눈썹 한 올까지 발견해내고 싶다. 그날그날 기분에
따라 음악을 틀어두고 싶다. 클래식보다 스무드 재즈나 따
라 부를 수 있는 가요가 좋겠다. 그러다 손님이 오면, 눈빛
이 고요한데 반짝이는 손님이 오면, 그림 보고 음악 들으며
같이 놀자고 하고 싶다. 내가 아는 만큼 그림 이야기도 들려
주고, 내 멋대로 감상도 이야기해주고, 첫눈이라도 올라치
면 낮술 한잔 하자고 부추기고 싶다. 그곳은 열린 공간으로
누구나 친구가 되는 공간이 됐으면 좋겠다. 시를 쓰는 정화
씨도, 그림을 그리는 민자 언니도, 비올라를 연주하는 남중
이도 시시때때로 찾아와 서로 마음을 나누고 영감을 주고
받았으면 좋겠다. 결이 비슷한 사람들이 좋다. 그런 사람들

은 언제 어디에서 만나도 같은 물길을 타고 흐르고 섞이다가 또 흘러간다. 내 집은 그런 좋은 인연들을 만드는 집이었으면 좋겠다.

하나밖에 없는 딸은 일찍 결혼하고 싶다고 한다. 그래도 가장 밝고 넓은 2층 방으로 주고 싶다. 그 아이가 만들어 올 가족을 생각하면 그것이 합당하다. 언제라도 혹여 내가 사라진 후에도 그 방이 나를 대신하기를 바란다. 세상에서 가장 편안하고 따뜻한 품이기를 바란다. 3층과 테라스에는 남편의 작업실을 만들어주고 싶다. 남편은 손으로 뭔가를 만드는 일을 좋아한다. 가죽이며 나무 등 재료를 다뤄 뚝딱뚝딱 만들어내는 데 도통하다. 덜렁대고 조심성 없는 나와는 다르게 그는 매사에 꼼꼼하고 신중하다. 그래서 우리는 참 많이 싸웠고 어쩌면 그래서 사랑했는지 몰랐다. 얼마 전, 졸혼이라는 기사를 봤다. 이혼이 아닌 졸혼. 결혼의 졸업 같은 것이다. 함께 사는 스트레스가 아니라 이제 서로의 다른 삶을 인정하고 각자의 길을 가는 것에 동의하는 것이다. 나는 그에게 독립된 공간과 삶을 주고 싶다. 더 늙기 전에 마지막 사랑이라도 해보라고 은근히 권하고도 싶다. 그 대신 나도 막지 말라고 다짐을 받고 싶다.

살고 싶은 집을 생각하며 나는 다시 한 번 내 이기를 절실히 깨닫는다. 나는 순전한 나로 존재할 수 있는 나만의 집을 그리고 있다. 타인과 함께 하되 온전히 개인적인 공간을 꿈꾸고 있다. 문득 지금 내 집을 둘러본다. 거실 소파에 쿠션을 등 베개 삼아 텔레비전을 보는 남편과 마룻바닥에 드러누워 배 위에 강아지를 올려놓고 장난치는 딸이 있다. 세상에서 제일 편한 얼굴들을 하고 있다. 책을 몇 권 집어 들고 "책 읽을 거니까 방해하지 말아줘." 하고 방으로 들어온다. 예전 같으면 얼굴을 찡그리던 그도 별말을 하지 않는다. 넓은 침대에 배를 깔고 누워 이 책 저 책 뒤적여본다. 이 꿈저 꿈 뒤적여본다. 집은 꿈꾸는 공간이라고 생각한다. 집에서 꿈꾸고 세상에서 행동해야 한다고 생각한다. 밀실에서 사유하고 광장으로 나가야 한다고 생각한다. 나는 몹시 이기적인 사람이지만, 그래서 나만의 밀실을 꿈꾸지만, 내 좋은 이들과 함께 즐기는 인생이 목표다. 지금은 함께 광장에서 촛불을 들지만, 나중에는 같이 먹고 마시고 노래하고 싶다. 낭창낭창 태평성대를 누리고 싶다. 그래도 참 감사하게도 또 다행이란 생각이 든다. 이렇게 배 깔고 편히 누워 꿈꿀 수 있는 방과 마음 놓고 뒹굴 수 있는 거실이 있어서. 나만의 집은 아니지만, 우리 집이 있어서. 알량한 이 집이 새삼 고맙고 또 고맙다.

사진의 시대

현대는 사진의 시대다. 휴대폰의 성능은 전문가의 그것을 뛰어넘고, 사람들의 감각 또한 평범함을 뛰어넘었다. 우리는 시각을 통해 모든 정보를 받아들이고 그 정보가 더욱 근사하고 독특하기를 원한다. 그래서 사람들은 더 좋은 성능의 카메라를 원하게 됐고, 더 멋진 프레임을 원하게 됐다. 사람들은 이제 모든 것을 찍는다. 모든 일상을 담는다. 그리고 자기만의 구도와 색감을 찾아내는 데 기꺼이 시간을 할애한다. 사진은 이제 어엿한 예술의 범주에 들어왔을 뿐 아니라 독보적 영역을 구축한다.

앙리 카르티에 브레송 전시를 봤다. 그 유명한 작품 〈생 라자르 역 뒤에서〉 앞에서 발이 딱 멈춰졌다. 중절모를 쓴 남자의 발걸음이 흑백 사진 밖으로 막 뛰어나갈 것 같은 순간의 포착. 그 사진으로 그 순간은 예술이 됐고 영원으로 남았다. 우리의 삶은 너무 빠르다. 나이 들수록 자꾸 더 빨라진다. 일상은 무의미하게 지나가는 것만 같고 나는 어쩐지 조급해진다. 그럴 때면 브레송의 말을 기억한다. "평생, 삶의 결정적 순간을 찍으려 노력했는데, 삶의 모든 순간이 결정적 순간이었다."

풍경 사진을 좋아한다. 그가 보는 세상, 그가 보는 시선을 넌지시 건너보는 일. 오히려 긴 대화보다 잘 이해될 때가 있다. 깊이 공감할 때가 있다. 우리가 보는 풍경들이 크게 다르지 않다. 하지만 풍경을 바라보는 방식, 담는 각도, 대하는 느낌은 각각 고유하다. 절묘하게도 사진에 그 고유함이 은근하게 담긴다.

마음에 탁 와닿아 사로잡는 사진이란 잘 찍은 사진이 아니다. 근사한 사진이 아니다. 내 마음도 저런 적이 있는 사진이다. 소리까지 담고 싶었던 포말이 부서지는 파도 사진, 초속 5미터로 난분분하게 흩날리는 벚꽃 사진, 어슴푸레하고 아스라한 달밤 숲의 사진···. 그때의 그 느낌을 고스란히 담고 싶었지만, 결코 사진에는 담을 수 없어 애틋한 마음이 가득가득 느껴지는 사진들.

풍경의 공감이 이뤄지면 나는 그를 조금 더 잘 아는 것만 같다. 조금씩 더 좋아하게 될 것만 같다. 내 사진첩을 열어본다. 며칠 전에 먹은 평양 냉면의 얌전한 고명, 동네의 저물녘 산책길, 세미원의 소담스런 연꽃 봉오리, 이를 열 개나 드러낸 딸아이의 미소, 에바 알머슨의 귀여운 해녀 그림, 온통

뒤죽박죽이다. 그 속에 내가 있다. 내 삶, 내 인생이 다 들어
있다.

그림자

엄마 친구는 그림자를 찍는 사진 작가다. 처음에는 아름다운 것들만 쫓아다니다가 어느 날, 문득 세상에서 제일 가벼운 깃털 하나에도 그림자가 생기는 것을 보고 "아!" 하셨더란다. 세상에서 제일 어여쁜 꽃잎 하나에도 그림자가 여지없이 따라 붙더란다. 피사체와 그림자가 마주하는 그 순간이 너무 아름다워 세상의 그림자를 찍게 되셨더란다.

사물에 그림자가 있듯 사람에게도 그림자가 있다. 세상 어디에나 음영이 있고 이면이 있다. 세상을 단편적으로 보자면 좋은 것들이 차고 넘친다. SNS만 봐도 그렇지 않은가. 실제보다 과장된 일상, 과한 치장, 오버된 행복. 세상은 너무 아름답고 사람들은 모두 행복한 것만 같다.

굳이 부정적 시선으로 보라는 것이 아니다. 보이는 것의 그림자를 가늠할 줄 알아야 내 정서 체계가 단단해진다. 그곳은 단지 보여주고 싶은 하나의 단면만을 노출시킬 뿐 누구에게나 그늘은 있고, 무엇에게나 그림자는 생긴다. 예외 없이 그러하다.

사람은 질시하거나 그로 인해 괴로운 존재가 아니라 서로에게 긍휼한 존재라는 것을 잊지 말아야 한다. 서로의 발아래에 길게 드리운 그림자를 가만히 지켜줄 줄도 알아야 한다. 나도 가끔 내 그림자를 찍는다. 위로해주고 싶을 만큼 고독하다. 쓸쓸한 내 그림자를 다독거리는 시간도 퍽 좋다.

요시토모의 까칠 소녀

어딘지 삐딱한 시선과 반항적 눈빛. "날 내버려 둬!" 한 소녀가 그림 속에서 말한다. 나라 요시토모의 팝 아트 작품이다. 우리나라에서도 퍽 인기를 끈 요시토모의 그림들은 보고 있으면 하나 같이 나 좀 내버려 두라고 말하는 것 같다. 몹시 당돌하고 까칠하게. 나는 그 소녀가 마음에 든다.

대개 우리는 무리와 우리 속에 살지만, 고유하고 유별한 내가 더 좋다. 무리 속에 혼자 있어도 두렵지 않고, 우리 안에서 튀어나와도 걱정 안 한다. 쫄지 않는 마음이야말로 자유 의지의 기본이다. 물론 간신히 그리됐고 항상 굳이 애써야 한다.

아이의 초등학교 시절, 그러니까 학부모 시절, 그것이 참 어려웠다. 학부모 세계는 그런 뜨거운 동지가 없다가 삽시간에 적이 되기도 했다. 서로 무리를 짓다가 우리를 만들었다가 이합집산이 계속됐다. 그 속에서 다정하게 내 마음을 줘도 그것이 약점으로 돌아오기도 했다. 아이를 위해 열심이

었지만, 상처뿐인 영광이었다. 한참 지나고 나서야 그것이
성장이었음을 알았다.

우리는 혼자가 되는 것을 두려워한다. 어떤 집단에 속해야,
무리 속에 있어야 편하게 느낀다. 물론 인간은 사회적 동물
이고 관계 속에서 더욱 행복해진다. 하지만 진짜 중요한 것
은 혼자 있을 때 충만한 마음 아닐까. 요시토모의 까칠 소
녀를 보며 생각한다. 싫은 것을 싫다고 이야기할 수 있는 것,
솔직하고 담대하게 생각을 표현할 수 있는 것, 그것이 진짜
용기고 자유라는 것을.

우리 언니

터키 블루의 터번이 눈에 확 들어왔다. 시청 광장 앞 횡단보도 건너편에 은진 언니가 서 있었다. 언니를 보자마자 꽉 끌어안았다. 그리고 잠시 팔을 풀었다가 또 껴안았다. 마음이 저절로 그리됐다. 숨겨지지 않았다. 언니에게는 여전히 푸르고 붉은 빛이 일렁였다. 나는 이렇게 지치고 꺾인 채로 여기 있는데, 언니의 여전함이 참 좋았다. 어떤 우연은 운명이 되기도 하는데, 그날이 바로 그런 날이었다.

은진 언니는 타고난 예인이다. 노래를 부르고, 연극을 하고, 글을 쓰고, 그림과 영화와 예술가를 사랑한다. 내가 아는 사람 중에 끼도 제일 많고, 욕도 제일 잘했다. 아주 찰지게, 맛깔나게, 귀에 착착 감기게. 〈쇼미더머니〉 우승감이었다. 언니와 종종 그림을 보러 다녔다. 갤러리를 운영해도 언제나 그림들이 무거웠다. 편하게 보고 즐기지 못하고 어떤 의미 강박에 사로잡힌 시절이었다. 내 마음이 무거우니 예술을 즐길 리 만무했다. 밝고 화사한 작품을 봐도 나 혼자 괜히 심각했다.

몇 년 전 여름이었다. 그날도 은진 언니와 인사동에서 강된 장에 열무를 그득 넣어 맛있는 점심을 먹고 전시를 보러 갔다. 〈변연미 포레스펙트랄〉 작품들, 아니 그 숲 앞에 서는 순간 답답한 가슴이 확 트였다. 프랑스에 사는 작가는 숲의 작가였다. 숲은 영화 〈아바타〉에 나오는 신성한 숲처럼 푸르고 짙고 아름다웠다. 그림 하나하나가 전부 숲이고 또 숲의 깊은 데였다. 나는 완전히 반해버렸고 그 숲 안에서 자유로웠다. 숲의 깊은 데를 오래오래 바라봤다. 금방이라도 나비족이 튀어나올 것만 같았다. 비로소 나는 의미 강박에서 벗어났다. 예술은 보고 느끼는 것이지 굳이 의미에 얽매일 필요가 없는 것이었다.

이후에도 많은 전시를 언니와 함께 보러 다녔다. 이제 어떤 작품들도 버거워하지 않고, 편하게 즐기고 누린다. 옥션 프리뷰나 큰 갤러리들의 기획 전시도 참 좋지만, 작은 갤러리들의 개인전에 자주 들렀다. 작품에 깃든 한 사람의 세계, 사유를 건너보는 일은 몹시 흥미로운 일이어서 인사동이 늘 즐거웠다. 그런데 살다 보니 생의 한 시절이 큰 강의 아침 물살처럼 거셀 때가 있다. 속도를 줄이고 싶어도 마음대로 잘 안되는 때가. 내게도 그런 시절이 있었다. 부지불식간에 몇 해가 흘러가버렸다.

등 떠밀려 떠내려가고 있었다. 사람들에 떠밀렸고, 관계에

치였고, 일에 얽매였다. 그러다가 가까스로 지푸라기를 잡
았다. 손에 푸른 물이 들도록 꽉 움켜잡았다. 글을 다시 쓰
기 시작하면서 삶의 속도를 줄이기 시작했다. 물살에 떠내
려가지 않고 스스로 헤엄치기 시작했다. 그리고 지푸라기를
잡아 가까스로 지상으로 올라왔다. 내가 무릎이 꺾인 채로
거친 숨을 고를 때 푸른 터번의 은진 언니를 시청 앞에서 다
시 만났다. 한 1년 만이었다. 그간의 부침과 침잠을 언니에
게 고백했다. 언니는 내 아픔에 금방 눈물이 그렁해졌다. 언
니는 누구에게도 그러했다. 언니는 가만히 있지 않고 나를
다시 세상 속으로 데리고 갔다. 오래전에 나를 그림 앞에
세웠듯이 이번에도 쩌렁쩌렁한 소리로 웃어젖히며 말하고
는 오랜 시간 조용히 기다려줬다.

안국역 문화 살롱 '아리랑'. 그의 삶이고 무대고 예술 자체
인 곳. 이곳에는 언제나 예술가와 삶의 향유자들이 넘친다.
와인 한 잔을 마시고는 졸라서 언니의 노래 〈오빠는 풍각쟁
이〉를 듣는 것이 참 좋다. 언니는 마침 바특하게 김치찌개를
끓여 김과 멸치 반찬에 늦은 저녁을 먹고 있었다. 불쑥 찾아
가 응석 부리는 나를 앉혀두고, 언니는 자기가 먹던 숟가락
으로 밥에 폭 익은 김치를 쪽 찢어 얹어 내 입에 쑥 넣었다.
저녁도 배불리 먹고 갔는데, 그 한 숟가락이 잊히질 않는다.
놀랄 만한 맛도 맛이거니와 언니의 숟가락이 내 입안에 덜
컥 물릴 때 가슴이 왈칵 뭉클했다. 진짜 내 언니 같았다.

○ 2부 | 무심코 발견

나도 이방인

도서관 엘리베이터에서 남자 셋과 마주쳤다. 일행 같았는데 모두 경직된 얼굴이었다. 도서관에서 하는 '문화 큐레이션 미술가들 특강'의 첫날.

설치 미술을 하는 이탈 작가가 첫 말을 열었다. 목소리가 살짝 떨렸다. 이 시대의 미술에 대한, 작가에 대한, 예술에 대한 큰 개요를 설명했다. 우리가 잘 알아들을 수 있기를 바라는 마음이 가득했다. 진심이 역력했다. 각고의 노력까지는 아니어도 그의 엄청난 수고로움이 확 느껴졌다. 느낌이 왔다. '이 강의, 몹시 흥미롭겠네!' 김태준 작가가 마이크를 넘겨받았다. 독일에서 오랜 시간 유학하며 작품 활동을 하다가 지금은 중국 사천대 미술과 교수로 활동 중이다. 한국을 떠나게 된 계기며 낯선 외국에서의 작품 활동 이야기가 솔직하게 이어졌다. 작가는 작품으로 이야기한다. 그 안에 생각이며 삶이며 인생이 통째로 다 들어 있다. 독일의 신표현주의에 마음을 뺏겼던 홍안의 작가는 드로잉 작업부터 사진 작업, 거대한 설치와 3D 미디어아트에 이르기까지, 끝없는 시도와 확장을 거치며 어느새 중견 작가가 됐다.

작가가 했던 방대한 작품을 슬라이드 몇 장으로 휙휙 보는 것이 몹시 송구한 마음이 들었다. 그의 지난한 인생 고백을 건성으로 듣는 것 같아 미안했다. 그런데 그는 우리가 지겨울 거라 생각했는지 작품 슬라이드를 빠른 속도로 넘겼다. 예술가 특유의 근거 있는 자만심 같은 것이 없었다. 타임캡슐 프로젝트가 기억에 남는다. 거대한 역사 속에 개인의 모습이 오버랩되며 진한 사유를 남긴다. 역사와 기억은 모티프가 되고 작가는 작품으로 그 의미를 만든다. 작가의 철학이 느껴졌다. 내향적이고 조용하지만, 깊고 강렬한 통찰로 가득 찬. 1990년대 중국으로 건너간 작가는 이상하고 아름다운 중국 문화 속에서 즐기거나 이상해하며 옹골찬 한국인으로 살고 있다.

마지막에 작가 대담 형식으로 강의가 이뤄졌다. 알고 보니 두 남자는 원래 친한 사이였다. 아까 봤던 경직은 순수의 발로랄까. 미술을 어려워하고 낯설어하는 우리에게 어떻게 하면 좀 더 편하고 즐겁게 다가갈까 하는 시름 같은 것. 둘이 머리 싸매고 씨름 하다 보니 웃음기를 앗아갔던 거다. 대담이 이어지며 분위기는 한결 자연스러워졌다. 예술 하기 힘든 나라 한국의 예술 환경과 중국의 독특한 문화에 이르기까지 강의 막바지가 되자 오히려 활기차졌다. 그가 말했다. 나는 여기서도 거기서도 이방인입니다. 오랜 외국 생활로 뿌리 내리지 못하는 삶에 대한 통렬한 고백 같았다. 그런데 바로 그 외로운 성찰이 작가의, 작품의 동력이 되고 에너지가 된다. 그의 작품은 한국적 정서가 깊이 밴 것도, 그렇다고 이국적 요소가 확 와닿는 것도 아니다. 다만 부유하는 삶, 방황하는 인간의 사유와 고민이 깊이 와닿는다. 물론 몹시 주관적인 자의적 해석이다. 작가의 변을 더 들어보고 싶었지만, 이미 시간이 다 돼서 마무리. 아쉬웠다. 이제야 작가의 긴장이 풀어져 진짜 이야기가 막 시작된 것 같은데. 더 들려줄 인생이, 더 보여줄 작품이 줄줄이 있는 것 같은데. 수줍은 이방인의 행보가 잔뜩 기대된다.

강의를 마치고 도서관을 나서는 두 남자가 그제야 웃었다. 경직을 풀고 웃는 것을 보니 이 순수한 예술가들의 고단이 느껴졌다. 이 강의를 위해 몇 날 며칠을 고민했다고 했다. 서로 의논하고 피드백하고 걱정했다고 했다. 얼마나 부담스러웠을까. 예술가는 자기 자신에게 많이 몰입된 사람들이다. 사회와 사람과의 모든 관계 맺기를 작품으로 하는 게 가장 편한 사람들. 함께 치맥을 하며 그제야 크게 웃었고 뜻밖의 아재 개그도 빵빵 터졌다. 웃지 않던 두 남자가 소년들처럼 귀여웠다. 우리는 예술 이야기, 나라 이야기, 사람 이야기에 시간 가는 줄 몰랐다. 문득 여기 모인 우리 모두 우주의 이방인이라는 생각이 자꾸만 들었다. 마음에 퍼

뜩 피가 돌았다. 손이 간질거렸다. 이 이야기를 쓰고 싶어 집
에 오는 걸음이 빨라졌다. 가장 최고의 재능이란 그것을 좋
아하는 것이라는 생각이 들었다. 즐기는 일이라는 생각이
들었다. 나는 이제야 생각하고 쓰는 일이 정말 재미있다.
잘 써져도 재미있고 안 써져도 재미있다. 칙칙했던 내 얼굴
에 홍조가 돈다. 이른 봄, 꿈 하나가 고개를 바짝 쳐든다. 앞
으로 두 달 동안 금요일을 포기해야 하는 게 하나도 아쉽지
않겠다.

젊음과 철듦 사이

예술에 나이가 필요할까 싶지만, 작가의 젊음은 큰 재산이다. 강주리 작가는 일단 젊다. 스마트하다. 튄다. 그런데 조곤조곤한 목소리로 말하는 것을 들으니 생각보다 깊다. 솔직하다. 진중하다. 젊은 작가와 기성 작가의 분별은 물리적 나이로 하지만, 결국 마인드다.

강주리 작가의 작업은 드로잉이 주를 이룬다. 볼펜으로 선과 면을 구현한다. 작품은 몹시 섬세하고 여성적 디테일이 가득하다. 벽지를 연상하게 하는 패턴을 이용한 작업은 얼핏 보면 비슷하지만, 하나하나가 다 고유하고 각별했다. 작품의 소재는 자연이다. 그다지 특별할 것 없는 흔한 자연을 작가는 자기만의 시선으로 재구성한다. 도시에서 태어나고 자란 작가에게 자연은 늘 푸른 초원이 아니었다. 누구에게나 세상을 보는 자기만의 방식이 있다. 작가가 인식한 자연은 변형되고 뒤틀리고 돌연변이 같은 모습이었다. 자연이 늘 아름다워야 한다는 강박에 대한 도전이고 그것이 자연의 본질이기도 하다. 어디에서 어떤 모습으로 있던 그럴 수도 있는 게 우리의 삶 아니던가. 자연도 삶과 같다.

생명과 가치의 인식이 섬세한 드로잉에 선으로 가득 차 있다. 젊은 작가는 솔직한 자기를 가감 없이 드러냈다. 한국에서 미대를 가 소묘와 스케치를 열심히 하고, 서양화를 전공하며 유화를 그리고, 모든 당연한 수순들을 의심하고 다시 시작한 것이 미국에서의 대학원 진학이라고 했다. 그때부터 서양 미술에 탐닉하고 영감을 얻어 드로잉 프로젝트를 시작했다고 한다. 강주리 작가는 컨트롤할 수 있는 세계를 좋아한다고 했다. 혼자만의 규칙에 충실한 예술가의 세계. 그런데 아이러니하게도 볼펜은 지울 수가 없는, 실수하면 안 되는 재료다. 그때 그가 말했다. "저는 틀렸다고 생각한 지점에 몰입하지 않아요. 작품도 그렇고 삶의 방식도 그래요." 그래서 그는 볼펜의 불편함을 기꺼이 감수했다. 혹여 잘못 그어진 선 하나도 있는 그대로 받아들이려는 수행을 얼마나 했을까.

한국 미술 시장에서 화려한 색이 없고 들여다보면 불편한 진실과 마주할 수도 있는 강주리 작가의 작품은 선뜻 눈길을 잡아끌지 못할 수도 있다. 하지만 펜의 가늘고 얇은 선들로 표현된 작품들 속에 뜻밖의 깊은 사유와 성찰, 아픔의 흔적이 가득하다. 본질에 대한 물음도 끝없다. 그저 치기만 만하게만 보였던 앳된 음성과 젊음을 내가 오해했다. 중년이 된 나도 이제야 겨우 깨달아 가는 것을 어찌 먼저 안 것일까. 인생 한 수 배우고 싶다고 너스레를 떨었다.

예술가 소년

작가와 작품은 유별하다. 그런데도 작품을 보다 보면 작가 자신이 고스란히 드러나기 마련이고 동일화되는 현상은 어쩔 수가 없다. 그런 면에서 김항진 작가가 풍기는 내향적 소년 같은 이미지는 어떤 에너지로 변환됐을까 궁금했다. 게다가 조각이라는 분야는 특히 엄청난 힘과 에너지를 필요로 한다.

김항진 작가는 재료 이야기부터 했다. 조각은 재료가 반이라고 했다. 재료가 힘이고 예술의 원천이라고. 우리의 삶도 결국 수많은 재료로 이뤄져 있지 않은가. 그래서 작가는 세상을 보는 눈이 예민하다고 했다. 보이는 모든 것이 재료고 예술이고 또 삶에 다름 아니므로. 돌이 그냥 돌이 아닌 것이다. 그것은 신비로운 메타포고 예술 자체인 것이다.

작가는 미국 유학 시절 자연사박물관에서 일하며 수많은 경험과 영감을 득했다. 아주 까마득히 오랜 시절로부터 내려온 재료들을 만지며 그것들이 주는 영감에 압도당하고 매료됐을 것이다. 자연 앞에서 우린 종종 그렇지 않은가. 한 없이 작아지고 끝없이 겸허해지고. 김항진 작가의 작품은 자연 친화적이 아니라 자연 그 자체였다. 위대한 영감으로 가득 찬 세계를 고스란히 재현해보고자 하는 경외심 같은 것. 그는 2,500만 년 전으로부터 내려온 공룡의 뼈들을 만지고 재현하며, 뼈가 아니라 공룡을 봤을 것이다. 화석이 아니라 시간을 만졌을 것이다. 그의 충만한 눈빛이 그 감동을 이야기하고 있었다. 어렴풋이 느낄 수 있을 것도 같았다. 우리는 이 우주의 모래알이구나. 그러니 안간힘을 내 행복한 모래알이 돼야겠구나.

김항진 작가는 변화를 이야기했다. 예술가는 변화해야 하고, 머무르지 말고 끝없이 성찰하고 열려 있어야 한다고. 자신은 기민하지 않다고 둔함을 이야기하지만, 그전의 작품들이 자연에의 천착이라면 그 후의 작업들은 첨단의 그것이다. 작가는 분명히 변화하는 세상에 사유의 닻을 내리고 더 깊이 더 심연으로 들어가는 중인 것 같았다.

속도와 무한 복제는 예술의 희소 가치성에 위배되고, 전통과 진보는 도대체 어떻게 접점을 찾을 것인가. 예술의 범주는 넓어질 대로 넓어졌고 커질 대로 커졌다. 그것은 몹시 혼란스러운 일이다. 김항진 작가의 팹랩FABLAB 이야기에서 가닥이 잡혔다. 처음의 재료 이야기가 떠올랐다. 결국 컴퓨터도 3D 프린터도 다 재료일 뿐인 것. 우리는 가장 많이 쓰는 도구 속에서 예술의 묘를 찾게 되는 것이다. 새로움, 신박함 속에 예술이 있는 것이 아니라 낯익은 것을 낯설게 바라보는 데서 예술의 모티프는 시작되는 것이니까.

예술은 예술가의 시선에서 시작한다. 보이지 않는 세계, 알 수 없는 세상을 영감으로 가득 차게 만드는 것도 예술가의 우연한 발견에서 시작한다. 그러므로 4차 산업 혁명 시대에 살아남을 수 있는 사람들은 예술가다. 대체 불가능한 발상, 창의, 수많은 변수 등 알파고와 대적해도 끄떡없을 것이다. 처음에 작가의 가상 물리 시스템을 반영한 작품들을 보며 '과연 예술과 기술의 차이란 무엇일까' 하는 의문을 품었다. 그런데 깨달았다. 세상이 변했다는 것, 사람도 변한다는 것, 예술도 변해야 한다는 것. 예술의 전통과 정통성을 주창할 것이 아니라 변화된 시대 환경에 어떻게 적응하고 성장해나갈 것인가 우리 마음의 영역부터 넓혀 놓음이 옳다. 무겁고 위대하고 심각한 것도 예술이지만, 한없이 가볍고 유쾌하고 가까운 것도 예술이 아닌가. 말 그대로 '예술 인간'으로 사는 것이 너무 빠르고 두려운 이 시대를 행복하게 사는 방법이라는 생각이 들었다. 그것이 유일한 방법이라는 확신마저 들었다. 김항진 작가는 진화하고 있다. 우리 향유자들은 예술가를 지켜보기만 해도 진화한다. 사람들의 반짝거리는 눈빛과 수많은 질문이 그것을 증명했다.

튀어야 산다

예술가들은 규정되는 것을 거부하는 사람들이다. 자신만의 고유한 시그니처를 만들면서도 그것에 함몰되는 것을 두려워한다. 인세인박 작가는 특히 더 그랬다. 수줍음 타는 이 젊은 작가는 스스로 어눌하다고 강의 내내 멋쩍어 했지만, 그만의 세계가 확고했고 강단이 있었다. '형식으로 충분한'으로 명명한 그의 작가론은 그의 꾸밈없고 솔직한 예술 세계를 고스란히 드러내줬다.

그는 아라리오갤러리의 전속 작가이고 유수의 수상 경력이 있다. 사람들이 놀라워하며 치켜세우자 인세인박 작가는 '그냥' 받게 됐다고 멋쩍어한다. 이 '그냥'이란 말을 강의 내내 많이 했다. 그런데 이 '그냥'이란 말은 모호한 단어가 아니라 명확한 단어다. 사랑하는 이유, 예술 하는 이유, 이유랄 게 어디 있나. 말 그대로 '그냥'이지. 인세인박 작가는 누구보다 그냥이란 단어가 잘 어울린다. 그의 예술적 비주얼과 이미지 때문만은 아니다. 그의 자유로운 발상과 자유가 그냥 와닿기 때문이다.

인세인박 작가의 초반 작업은 케이블을 이용한 설치다. 그는 첫 작업의 서투름과 삐뚤삐뚤함에 대해 굳이 이야기한다. 알고 보니 같은 작업을 오래 해 잘하게 되고, 능수능란해지는 것에 강박적 거부감을 드러냈다. "저는 날 것 그대로의 느낌이 좋아요. 잘하게 되는 것이 싫습니다."라고 이야기하며 케이블 작가라는 규정을, 능숙한 달인이 되는 작업을 단호히 거부한다. 그래서 작업이 손에 익는 순간 작가는 서둘러 매너리즘을 경험하는 것이다. 그때부터 딜레마도 시작된다. 대중은 작가의 시그니처를 기억하고 그 작품들을 원하기 때문이다. 적당한 타협도 너무 어려운 일이다. 작가와 대중은 그렇게 끝없이 공감하거나 또 대립하면서 공존하는 것이다.

인세인박 작품의 모티프는 사람과 사회다. 사회 문제에 관심을 갖고 접근하면서도 가치 중립을 지킨다. 범죄자를 평범하게 묘사하거나 평범한 사람을 마치 범죄자처럼 묘사한다. 이런 이미지 치환을 통해 사람과 사회 문제에 대한 사유를 유도한다. 예술가는 작품으로 현상을 보여주고 사유는 우리의 몫인 셈. 한나 아렌트가 주장한 악의 평범성이 떠올랐다.

인세인박의 작품들은 아이디어가 가득하다. 보이는 그대로 장난기가 가득하기도 하고, 그 와중에 메시지가 번뜩거린다. 작가는 일반적이고 평범한 것들에 대해 거침없이 "별로에요!" 소리를 툭 내뱉는다. 바로 그것이 인세인박 작가의 감각을, 세계를 더욱 돋보이게 만들었을 것이다. 그의 작품들에는 이미지의 재구성과 프레임의 재편을 통해 시시각각 달라지는 우리 세계와 인간의 이면에 대한 탐구가 엿보인다. 그리고 끝없이 스스로 노회해지는 것, 능숙해지는 것을 지양한다. 이 젊고 치기만만한 작가가 얼마나 호되게 자신을 단련했을지 걱정됐다. 하지만 인세인박 작가는 아직 끄떡없어 보였다. 예술가는 예술로 철학하는 사람들이다. 예술로 사랑하는 사람들이다. 예술을 삶의 방식으로 선택한 사람들이다. 인세인박 작가는 언제까지고 자기만의 예술을, 개념을, 철학을 만들 것 같았다. 그는 하나도 어눌하지 않고 아주 확고해 보였다.

다정한 예술가

늘 느끼는 것이지만, 예술가의 외연은 내면의 그것만큼이나 예술가적 면모를 유감없이 드러낸다. 김영궁 조각가의 이미지 역시 그러했다. 그런데 마이크를 잡고 조곤조곤 이야기를 시작하자 그는 한없이 온화하고 반듯하고 다정한 면모를 드러냈다. 그는 이번 강의를 또 하나의 전시라고 생각했다고 한다. 정성껏 강의 자료를 만들며 그간의 작업들을 정리하고 삶을 점검할 수 있었다며 수줍게 웃었다. 일종의 미디어 퍼포먼스처럼 강의는 처음부터 기대가 만발했다. 열심을 다했을 그의 예술 세계가 다감하게 다가왔다.

그의 예술은 모든 '관계'에 대해 깊이 사유한다. 부분과 전체, 삶과 자연, 사람과 세계에 대한 관계의 통찰을 지향한다. 김영궁 작가는 본인의 작가 노트를 꼼꼼히 소리 내어 읽었다. 간결하고 따뜻한 몇 문장에도 작가의 진심이 읽혔다. 주재료인 나무에 대해 다정한 심상을 전하며, 그는 예술가로서의 영감을 이야기했다. 그러고 보니 그는 나무와 참 잘 어울린다. 나무와 닮았다. 사람은 자기가 좋아하는 것을 닮기 마련이다. 그는 나무의, 자연의 생명력에 깊이 감화됐다. 새싹이 움트는 것, 나무가 생동하는 것, 만물이 소생하는 것, 생명이 발화하고 진화되고 생동하는 것. 사실은 이 모든 것은 신비 그 자체다. 작가는 이 모든 자연을, 우주를 신비로워했다.

그는 강의 내내 '관계'에 대한 주제를 놓치지 않았다. 자연과 사람을 향하는 따뜻한 시선과 온기 가득한 관계를 위해 도대체 얼마나 날카로운 것들을 무던하게 견뎌냈을까. 그는 오랜 공백기를 통해 성장한 것 같았다. 그저 평범한 일상 속에서, 사람 속에서도 몹시 첨예하게 예술적 감각을 깨우는 것 같았다. 밤의 횡단보도에서, 군중의 운집 속에서, 심지어 바이러스들의 생동 속에서도 그는 스스로 예술의 당위성과 아름다움을 찾아내려 애썼다.

김영궁 작가는 전체를 만들지만, 개체를 중요시한다. 결과보다 과정을 중요시한다. 각자 물성과 학명이 제각각인 나무들을 퍼즐처럼 촘촘히 맞춰 작품을 했을 때 답답했다고 한다. 왜 이렇게 답답할까. 그 해답은 거리였다고 한다. 서로 숨을 쉬게 하는 최소한의 거리, 개체간의 거리를 확보하자 여유가 생기고 마음이 편해졌다고 한다. 작가는 어쩌면 조각보다 공간에 더 공을 들인다. 조각과 조각 사이 공간을 만들어주자 햇살과 바람이 그리로 지난다. 결국 공간도 예술이 됐다.

보통 작가들은 완성된 작품을 보여준다. 결과로 이야기한다. 그런데 김영궁 작가는 작품의 스케치부터 나무가 켜켜이 쌓인 모습, 나무를 숙성시켜 거기에 도안을 하고 깎는 과정, 사포질을 하고 수없이 마감을 하는 과정을 속속들이 보여준다. 그는 그 과정을 즐겼다. 진짜 중요한 것은 그 과정에 있음을 알고 있었다. 과정이 곧 결과인 우리의 인생이 아닌가. 그는 예술의 재료들을, 나무와 삶의 면면들을 깊이 이해하고 통찰했다. 그의 예술은 원형을 고스란히 살린 채 작가의 사유로 새로운 세계가 탄생하는 과정을 보여줬다. 강의 말미에 제주도에서의 모래 설치 작업을 보여줬다. 성산포 바다에서 모래를 모아 작품을 만들고 밀물이 들어오자 흔적 없이 사라져버린다. 결국 예술도, 자연도, 삶도 다 돌아간다는 것인가. 무로 돌아가기 전에 열심히 재미있게 살라는 뜻으로 혼자 끄덕였다. 마지막에 다정하고 동그란 미소로 김영궁 작가는 고개 숙여 인사했다. 처음부터 동그란 사람은 없다. 거친 나무들을 끝없이 마모해 작품을 만들듯 자신을 끝없이 수련해 동글동글한 미소를 만들었으리라.

한통속 세상을 꿈꾸며

역사는 개인의 삶에 개입한다. 시대는 예술의 장에 반영된다. 현직 대통령의 탄핵이라는 국가 초유의 사태가 일어난 오늘, 이소영 작가와의 시간이 더욱 특별하게 다가왔다. 이소영 작가는 떨고 있었다. 설레고 있었다. 바야흐로 봄 같았다. 그는 예술과 예술가, 향유자와의 소통과 접점을 깊이 고민한 것 같았다. 그는 생각하고 느낀 것을 하나라도 더 알려주고자 말이 빨라졌고 순간 깊어졌다. 좋은 것은 자꾸 이야기하고 나누고 싶어진다. 그것이 예술가의 마음이었다.

"우리는 예술 작품에서 무엇을 보는가?" 이소영 작가가 던진 첫 화두다. 우리는 예술에 대한 강박이 있다. 예술은 아름다운 것이고 무언가를 추구해야 하고 우리는 그것들을 알아채야 한다는. 예술 작품을 대할 때 편하기보다는 감상 강박에 사로잡혀 경직되기 쉽다. 이소영 작가는 바로 그 지점을 짚었다. 예술은 실체라는 것. 개념과 명제와 수많은 의미를 내포하는 존재라는 것. 우리는 그 실체를 통해 자의적으로 해석하고 의미를 부여하고 감동도 취하는 것이다. 몹시 개인적이고도 특별한 경험에 다름 아닌 것이다.

이소영 작가의 작품은 이미지의 배치와 의미를 통해 자신의 사유를 투영한다. 그의 사유의 궤적은 넓고 깊었다. 작가를 고스란히 투영한 작품은 우리에게로 와 다시 새로운 의미와 사유로 재탄생된다. 예술과 예술가, 향유자는 뫼비우스의 띠처럼 끝없이 순환하며 서로를 자극한다. 이소영 작가는 동적 이미지와 정적 이미지의 공존과 배치를 통해 몽환적 생명력과 신비로운 시간성을 부여해준다. 작품 속의 이미지 배치는 상호 대립하거나 또한 완전하게 호응한다. 상충하거나 상생한다. 결국 그 둘은 다르지 않다. 역사와 개인, 전체와 개체는 하나이거나 부분이거나 분별하는 데 의미가 있지 않다. 그의 작품은 그 모든 것을 포용한 채 광의의 세계를 지향하는 듯 보였다. 작가는 비둘기를 키워 비상을 찍고 거기에서 오는 이미지의 형상 혹은 의미를 포착해낸다. 예술가는 다르게 보는 사람이다. 같은 사물, 같은 현상을 끊임없이 다르게 인식하고 그 의미를 추구하고자 애쓰는 사람이다. 이소영 작가는 끝없이 의심하고 노력했다. 내가 보는 시선, 내가 보는 세계, 그것이 과연 제대로 인식하는 것인지 끝없이 자신을 괴롭히는 것 같았다.

이소영 작가는 처음의 떨림을 이야기했다. 강의를 준비하며 시작하며 떨렸던 느낌들. 우리의 삶도, 예술도 그 떨림이 변화의 단초가 되고, 동력이 된다는 것이다. 물이 99도에서는 결코 끓을 수 없듯이 바로 1도의 힘. 우리 삶에는 그 결정적 순간이 있다. 이소영 작가는 자신의 임계점을 찾는 작가 같다. 과학, 철학, 예술의 경계를 무너트리며 그 모든 것은 결국 하나의 세계라고 힘줘 말하는 그에게 깊이 공감했다. 그야말로 범우주적 시선을 가졌는지도 모른다. 그는 과학의 신비, 철학의 통찰, 예술의 사유, 각각 유별하나 또 다르지 않은 깊고 맑은 세계들의 재정립과 소통을 통해 예술과 삶을 키웠다.

인간은 서로에게 깊숙이 개입하고 있고, 관계 속에서만이 살아갈 수 있다. 혼밥과 혼술의 시대라지만, 어느 시절 어떤 시간의 단편적 선택일 뿐이다. 이소영 작가는 온기에 대해 이야기했다. 사람을 향하는, 세상을 향하는 예술가의 시선이 한없이 따사롭게 느껴졌다. 삶도 예술도 36.5도보다 높아야 한다. 체온을 넘어 마음을 덥혀 온기를 내줘야 한다. 그 온기가 우리를 살아가게 하고, 세상을 살 만하게 만드는 것이므로. 경계가 분명한 사회, 구획된 사회는 너무 건조하고 비인간적이다. 우리 사회가 좀 더 유연해지고 서로가 더 어우러지기를 작가는 간절히 소망했다. 경계를 허물고 모두 한통속이 되는 세계, 진짜 사람 사는 세상 같겠다.

나는 또라이

예술가는 섬세하다. 예민하다. 그 섬세하고 예민한 세계를 지켜보는 일은 때때로 아름답고 종종 어렵다. 그러나 그것은 기꺼이 감수할 만하다. 알 수 없는 삶의 탐미와 지적 유희를 간접 경험하므로. 돌을 만졌다던 김창겸 작가는 부드럽고 조곤조곤한 말투를 가졌다. 섬세함이 봄볕처럼 와닿았고 이야기는 마치 친구와 수다 떠는 기분처럼 편했다.

김창겸 작가의 모티베이션은 이미지와 실재다. 그의 초기 작품은 어떤 구체적 이미지를 물체에 투사해 영상을 만들었다. 이미지는 깜빡 우리를 속인다. 진짜 같은 가짜. 그가 텍스트에 표방했듯이 그의 작품은 실재와 영상 이미지가 초래하는 혼돈과 경계 사이로 우리를 초대한다. 그의 작품은 실재보다 더 실재 같다. 그러나 어떤 것이 진짜이고 가짜인가. 진짜와 가짜는 참과 거짓의 가치가 아니다. 과연 이 세계를 참과 거짓으로 분별할 수 있는가. 작가는 그 지점에 몰입하고 재미있어했다. 작가가 만들어놓은 가상 세계는 고스란히 예술이 된다. 예술가는 어떤 의미로는 자기 세계의 창조주다. 물에 비친 하늘도, 노란 은행잎 하나도, 개똥지빠귀 새소리도, 아득한 첫사랑도 분명하게 실재하는 존재지만, 예술가의 작품 속에서 재창조돼 예술로써 승화된다. 우리는 재창조된 세계, 즉 새로 태어난 우주를 만난다. 거기에 봄, 여름, 가을, 겨울이 지나가고 우리의 그림자가 어룽거린다. 우리가 언제나 늘 겪고 사는 계절이고 자연이지만, 그의 작품 속으로 들어와 예술로 남는다. 그 특별한 시선과 장면을 선사하는 일, 예술가의 선물이리라.

그렇다고 예술가가 자기 세계에만 빠진 사람은 아니다. 김창겸 작가는 끝없이 관객과 소통하고, 예술가들과 협업하며, 삶과 예술의 성장점을 찾았다. 관객이 오래 보고 머물러 생각하는 작품을 하고자 무던히도 애썼다. 누군가 보지 않는 예술, 공감하지 못하는 예술은 오래전 고흐도 눈물을 뚝뚝 흘렸더랬다.

현대는 이미지의 시대다. 현실은 너무 초라하고 각박하지만, 정제된 이미지는 우리의 삶을 잠시나마 구원한다. 우리는 살아가면서 우리만의 상을 꿈꾼다. 어떤 이상이라거나 또 어떤 형상이라거나 그 상을 창조하고 구현하는 것이 예술가의 일이다. 김창겸 작가는 이탈리아 유학 시절의 영상을 보여줬다. 그는 오랜 역사를 가진 아름답고 남루한 이탈리아의 바닷가 마을을 보여주며 우리 동네, 우리 집이라는 표현을 여러 번 했다. 문득 태어나 자란 곳만이 고향은 아니라는 생각이 들었다. 내 몸이, 내 마음이 편하고 아름다웠던 시절. 그 시절도 고향이고, 함께한 사람도 고향이다. 작가의 눈빛이 순식간에 부드러워졌다. 예술 세계의 근간을 이뤘을 이탈리아의 까라라마을. 언젠가 꼭 가보고 싶어졌다.

불쑥 그는 자기 약력을 공개했다. 보통 사람들이 쓰는 흔한 약력 말고, 작가 스스로 고해성사에 다름 아닌 아주 솔직한 약력이다. 다소 충격이었고 다분히 매력적이었다. 그는 개인의 신상에서부터 우리 미술계 전반의 문제와 폐단에 이르기까지 솔직하게 털어놓았다. 그의 현실 이야기를 들으며 몹시 갑갑해졌다. 물론 그것은 그의 현실만이 아니라 우리 예술계의 불편한 진실이다. 비단 예술계뿐인가. 우리 사회의 뿌리 깊은 적폐와도 닿아 있는데. 문득 이런 생각도 든다. '이런 사회에, 이런 현실에 예술이 다 무엇인가.' 하나라도 절망 아닌 것이 없는데. 하지만 사회의 폐단과 프레임의 오류를 토로하면서도 우리는 악착같이 어디선가 희망을 찾는다. 어쨌든 우리가 살아가려면 그 알량한 희망이 필요하기 때문이다.

그는 예술가에게 주는 자본을 지원금이 아니라 인건비로 해야 한다고 주장했다. 설득력이 있다. 시인은 시를 써 먹고 살고 화가는 그림을 그려 먹고 살아야 한다. 예술가를 잉여

나 사치로 여긴다면 우리 삶은 더 피폐해질 것이다. 예술가는 우리 대신 벌 받는 사람들이다. 씁쓸한 현실과 말도 안되는 규제와 안일해지려는 자기 자신과 끝없는 전쟁을 하고 사는 사람들이다.

"실재와 이미지 중 어떤 것을 더 사랑하나요?" 누군가 물었다. "당연히 실재죠. 다만 이미지를 통해 실재를 희미하게 더듬어보는 작업일 뿐인 걸요. 그것이 내 유희고 예술입니다." 나는 그의 약력이 더 솔직해지기를 바란다. 더 화려해지기를 바란다. 그 속에 그가 있고 삶이 있고 예술이 있고, 진짜가 다 들어 있기 때문이다.

예술로 철학하기

예술가는 철학자다. 세상의 현상에, 하나의 영감에 끊임없이 몰입하고 천착하다가 철학적 일가를 이룬다. 어떤 예술가는 예술 작품으로 철학을 하고, 또 어떤 예술가는 진짜 학문으로서의 철학을 연구한다. 바로 이섭 작가처럼. 그의 소개에는 여러 수식어가 붙는다. 화가, 미술 평론가, 전시 기획자. 맥락은 하나다. 예술을 더 알고 싶은 것, 더 가보고 싶은 세계가 있는 것. 하이데거의 존재론을 공부하면서도 오직 예술적 삶을 떠올렸을 것이다. 수많은 의미와 분분한 세계 속에서 끝없이 예술을 사유했을 것이다. 그의 미소에 그런 관조가 묻어 있었다.

화가와 미술 비평가 사이의 접점에 대해 궁금했다. 가까이 하기에는 너무 먼 당신 같기도 했다. 삶에서 상호간의 자극과 반응은 당연한 기제다. 그 사이의 간극이 삶의, 예술의 동력이 될 것임은 분명하다. 이섭 작가는 '현대 미술에 은폐된 현대'라는 다소 심오한 이슈를 내걸었다. 우리가 아는 현대 미술에 대한 오해와 이해가 이어졌다. 어설프게 알고 있던 모더니즘, 컨템포러리 아트에 대한 궁금증이 풀렸다. 작가는 세계사 속에서 정의되는 현대의 개념, 현대 미술의 역사를 이야기했다. 9세기부터 이어진 르네상스 시대의 변화와 사회 개혁, 18세기 계몽주의를 거쳐 2차 산업 혁명까지 우리도 인류와 세계의 유장한 역사 속에서 함께 살아온 것이라는 생각이 들었다. 문득 시야가 확 넓어졌다. 거시적 관점이 생겼다. 우리나라의 예술계는 '우물 안 개구리'란 생각이 아프게 와닿았다. 부정하고 싶지만, 현실이니까.

또 하나 충격적 이야기. 일본의 메이지유신 시대, 다양한 서양 전문 서적의 번역으로 우리에게도 지대한 영향을 끼치게 됐다는 것이다. 우리가 흔히 쓰거나 아는 표기나 표현들이 그 시절로부터 온 것이라는 생각을 하니 괜히 화나고 슬프다. 역사란 이렇게 무섭다. 세계의 역사 또한 격변하고 있다. 모든 예술도 그에 따라 유기적으로 변화한다. 2차 세계대전 이후 세계의 질서는 재편됐고, 예술은 그 시대를 더욱 반영하게 됐다. 중심은 미국이 됐다. 미술도, 음악도, 각종 산업도 미국의 영향력은 가히 압도적이다. 파리의 몽마르트도, 런던의 〈오페라의 유령〉도 뉴욕의 모마미술관이나 브로드웨이를 넘지 못한다. 오리지널리티는 사라졌고, 감성도 자본이 움직이는 시대인 것이다.

이섭 작가는 예술가를 넘어선 철학자의 관대한 통찰을 드러냈다. 우리 예술계에 대한 생각과 우려는 미뤄 두고, 예술은 반드시 보존돼야 한다고. 그 보존이란 것은 우리가 기억하고 느끼는 것이라고. 예술적 기억이 곧 소비인 것이다. 사랑인 것이다. 그것이 예술을 존속하게 하는 이유인 것이다. 어쩌면 예술을 깊이 알거나 이해할 필요가 없을지도 모른다. 그저 보고 느끼고 즐기면 되는 것이다. 마음에 보존하고 기억하면 되는 것이다. 그 행위만으로도 삶은 한결 나아진다. 따뜻해진다. 얼마나 신기하고 행복한 일인가.

꽃이 피기 시작하는 봄밤, 나는 전보다 더 예술을 사랑하게 됐고, 전보다 훨씬 더 예술가를 사랑하게 됐다. 그들이 지난한 세상 속에서 지치지 않기를, 끝없이 사유하고 통찰하고 그것을 계속하기를 간절히 바란다.

굴레와 자유 사이

작품은 상이했다. 오른쪽 벽면에는 거대한 화이트와 블루의 조합 사진이, 왼쪽 벽면에는 사탕과 과일 등의 사진이 전시돼 있었다. 얼핏 본 느낌으로는 서로 완전히 달랐다. 나는 입구에서 전시장을 한 번 쓱 훑고는 다시 한 작품 한 작품 천천히 보기 시작했다.

임안나의 개인전이었다. 분명 한 사람의 작품이었다. 작가는 오래도록 사진을 찍어 온, 그러나 아직 자신을 규정짓도록 어느 하나의 작업에 천착하지 않는 작가다. 내가 느꼈던 처음의 상이함은 어쩌면 작가의 의도거나 개성이었다. '나는 함몰되고 싶지 않아요. 나는 끊임없이 변화하고 싶어요.' 마치 작품들은 이렇게 이야기하는 것 같았다.

먼저 오른쪽으로 느릿느릿 걸어 들어갔다. 〈하얀 상상〉이라는 제목답게 화이트의 베일에 싸인 듯한 사진은 아름답고 몽환적이었다. 흔히 보는 식탁이거나 주방의 풍경을 공들인 연출을 통해 한순간에 비현실적인 것으로 만들어버렸다. 온통 하얀 세상 속에 블루 잉크는 작품의 정점을 찍으며 마음으로 번져온다. 파란 달걀 노른자, 파랑 나비. 꿈속의 장면 같기도 하다. 왼쪽 벽의 〈로맨틱 솔져〉라는 제목의 시리즈는 너무 재미있다. 사탕, 바나나, 크레페, 젤리 등 온갖 달콤한 것을 향해 작은 프라모델 군인들이 작은 총을 한껏 겨눈다. '세상의 달콤함들은 전부 위험해. 그러니까 어서 꺼지라고.' 되도 않는 위협을 하는 것 같다. 웃음이 쿡 터지고 귀여움도 폭발한다.

나는 작가들의 이런 새로움이 참 좋다. 작가가 하나의 작업에 함몰되는 경우를 많이 봤다. 물론 작가가 좋아하는 방식으로 이미지를 구현하기 때문에 작가의 스타일은 정형화되기 쉽다. 특정된 작품으로 유명해지면 다른 시도를 하는 것은 더욱 힘들어진다. 나를 유명하게 한 바로 그 작품이 커다란 기쁨이자 굴레가 되기도 하는 것이다.

물론 하나의 거대한 세계를 발견해 평생을 그 작업에 천착하는 작가도 많다. 우주처럼 심오한 무엇인가가 있다고도 믿는다. 하지만 나는 작가가 보여주는 다양한 시각과 새로운 표현이 정말 좋다. 내가 가보지 못한 길을 가보는 것 같다. 내가 미처 보지 못하는 시선을 선물로 받는 기분이다. 임안나 작가는 그냥 보기에도 호기심이 반짝거리는 소년처럼 씩씩했다. 앞으로 그는 또 어떤 새로운 시리즈로 우리에게

신선한 시선을 선사해줄까. 아직 멀었다는데도 지금부터 설
렌다.

I see you

육근병 작가는 칠판을 가리켰다. "이게 뭐예요?", "네? 칠판이요." 그는 거기에 커다란 원 하나를 그렸다. 이게 예술입니다. 이게 예술이에요. 물성에 의미를 입히는 행위, 그것이 예술임을 이야기하는 거였다. 예술은 이렇게 쉬운 거라고 이해시키는 거였다. 육근병 작가는 짓궂은 소년 같은 구석이 고스란했다. 진지하고 심각하게 예술론을 이야기하다가도 걸쭉한 욕 한마디를 일갈하며 금세 장난스러워졌다. 이제 중년을 훌쩍 넘긴 작가지만, 그에게서는 늙음이 느껴지지 않았다. 그의 소년 시대는 진행 중인 것 같았다.

육근병 작가는 우리 문화를 정말 사랑한다. 어쩌면 우리가 등한시하는 우리의 문화와 역사, 우리 자존까지도 일으켜 세우고자 애썼다. 육근병 작가의 힘은 그런 긍정과 자존에서 나오는 듯했다. 여느 예술가들이 약간의 시니컬함과 그늘의 힘으로 작업하는 것과는 사뭇 다르다. 그는 우리 미술의 자존감을 끊임없이 강조했다. 실제로 시장에서의 우리 미술은 저평가된다. 고서화나 근대 작품들도 몇몇 인기 있는 작가 외에는 터무니없이 낮은 가격이다. 물론 예술을 자본으로 환산하는 것이 그 가치를 인정하는 지표는 아니다. 하지만 우리가 우리 문화를 사랑하는 방식이 많이 아쉬운 것도 사실이다.

"바람이 보이나요? 사랑이 보이나요? 예술도 마찬가지입니다. 눈에 보이지 않지만, 느낄 수 있죠. 확연히 느낄 수 있습니다." 육근병 작가는 투박하지만, 부드럽게 다가오고 싶어 했다. 그는 말했다. "예술가는 진보가예요. 아방가르드는 어느 시대의 사조가 아니라 어느 시절에나 존재하는 것이고 언제나 있어 왔지요." 그의 정체성은 아방가르드 같았다. 평생을 거쳐 예술로, 온몸으로 실험하고 작품을 해냈을 것이다. 그의 세계가 궁금했다.

토요일, 막혀도 좋은 강변 국도를 따라 그의 양평 작업실로 탐방을 떠났다. "예술은 장치고 예술가는 소모품이죠." 다소 과격한 발언으로 육근병 작가의 비밀의 문이 열렸다. 그는 살짝 상기돼 있었다. 멀리서 온 사람들의 기대에 찬 눈빛에 어떤 예술에의 희망을 봤는지도 몰랐다. 육근병 작가는 소년처럼 잠시 수줍어했다. 작업실은 작가에게 민낯의 공간이다. 새로운 세계를 창조해가는 내밀한 공간. 타인들은 하나의 또 다른 세계다. 세계와 세계가 만나 기운들이 부딪히고 공명하며 또 하나의 우주가 생긴다. 그런 파장들이 그의 공간에 가득 찼다.

그의 작업실은 그를 닮았다. 군더더기 없이 메시지가 명확했다. 그에게 예술의 화두는 보는 것과 느끼는 것. 본다는 것은 그에게 인생이고 예술 자체 같았다. 다큐멘터리 필름으로 제작된 그의 연대기를 봤다. 아주 오래전부터 그의 예술 세계가 단단하게 구축됐음을 알 수 있었다. 그는 설치와 미디어를 통해 삶과 통찰을 구현해내고 있다. 그의 예술에는 그림과 동작, 소리가 다 들어 있다. 그 모든 것이 있어야만 비로소 예술은 살아 움직인다. 우리에게 강렬하게 다가온다. 육근병 작가는 감각 너머의 모든 것을 다 꿰뚫어보고 있다는 생각이 들었다. 본다는 것은 인식이고 인식한다는 것은 소통이다. 단순한 소통이 아니라 본질에의 응시다. 어쩌면 그는 사람들이 보지 못하는 어떤 세계를 끌어내고 싶은 것인지도 모른다. 흙 속 작은 일개미의 몸짓이나 땅에 낮게 펴 보잘것없는 민들레의 홀씨처럼. 작가의 눈은 피상의 눈이 아니다. 심미안이다. 분명히 존재하나 보이지 않는 세계를 우리에게 보여준다.

작업실 벽에 커다랗게 붙어 있는 '九牛一毛'. 하나의 터럭, 작은 눈빛에서 시작하는 그의 예술 세계가 더없이 크고 귀하게 느껴졌다.

모험 예술가

봄비가 오는 날은 떠나고 싶다. 되도록 멀리, 아득하고 아름다운 곳이면 좋겠다. 우리가 떠올리는 풍경이란 대체로 가서 본 곳에 한정돼 언제나 새로운 곳으로 가는 여행을 꿈꾸는지도 모르겠다. 더러 꿈꾸지 않는 사람을 만난다. 그냥 이루는 사람을 만난다. 모험가이자 예술가로 공고하게 자기만의 삶을 탐험해가는 사람. 봄비 오는 날, 홍준표 작가의 긴 여행을 잠시 듣고 봤다. 전시 제목은 〈ANOTHER PLANET〉. 말 그대로 또 다른 별이 그곳에 있었다.

홍준표 작가는 모험가로 불리고 싶어 한다. 현직 의사이자 오지 탐험가이자 사진 작가인 특이하고 화려한 이력 또한 생의 수많은 모험이리라. 그는 아프리카, 알래스카, 스칸디나비아 등 많은 오지를 다녀왔고 많은 사진을 남겼다. 그가 찍은 오로라 사진은 그의 시그니처가 됐고, 사람들은 오로라 사진 잘 찍는 법을 배우러 온다. 선명한 초록 광선이 밤하늘에 거대하고 황홀하게 장막을 드리운 오로라 사진은 보는 즉시 매료되고 만다. 오로라를 직접 보고야 말겠다는 꿈을 갖게 만든다. 그렇게 많은 사람의 버킷리스트가 된다.

그런 그가 오로라를 뒤로 하고 매료된 곳이 바로 아이슬란드다. 우리에게는 다소 생소한 그저 멀고 아득한 나라. 그런데 전시장에 들어서자마자 그의 전시 제목을 이해한다. 그곳은 정말 또 다른 별처럼 아득하고 아름답고 황홀했다. 사진 작품인데도 마치 회화처럼 색감과 질감이 살아 있다. 그래서 작품에 살짝 손을 대보는 사람들이 많다고 한다. 나도 작품에 바짝 붙어 아이슬란드 구석구석을 따라 들어갔다. 비현실적 풍경들이 끝도 없이 이어졌다.

〈불과 얼음 그리고 빛의 나라 아이슬란드〉라는 부제처럼 작품 속 자연은 가히 압도적이고 경외감이 든다. 18세기에 터진 화산으로 생긴 지형들은 자연이 만든 신비로운 작품이다. 작가는 자연이 만들어놓은 작품을 고스란히 전해주고자 안간힘을 쓴다. 무려 8시간을 헬리콥터에 타 빙하강과 협곡 사이사이를 누비며 쉴 새 없이 셔터를 눌렀다고 한다. 그가 담아 온 자연의 장엄한 아름다움에 탄성이 나왔다. 아마 직접 그 광경을 목도한다면 눈물이 나올 것도 같았다.

아름다운 풍경 앞에 섰을 때 우리는 당연하게 사진을 찍는다. 아무리 애써도 내가 직접 보고 있는, 내 수정체와 뇌리에 담겨지는 이 아름다움을 다 담을 수가 없다. 그런데도 또

다른 세계로 떠나고 또 끝없이 담아오고 간직하고 싶은 것
은 인간의 예술욕이리라. 홍준표 작가는 올 여름 벌써 여섯
번째 아이슬란드 모험을 앞두고 있다. 여름과 겨울에 꼬박
한 달씩 가 있는데도 가도 가도 새로운 풍경과 상상이 샘솟
는다며 눈을 빛낸다. 우리는 이런 모험 예술가가 있어 정말
다행이고 행복하다. 살면서 가기 힘든 곳, 하기 어려운 일을
그는 몹시 기꺼이 즐거이 해주기 때문이다. 아이슬란드 주
민증까지 받았다는 그의 미소에 나도 뿌듯한 미소가 번졌
다. 다음에 그의 프레임은 또 어떤 별 세계, 큰 우주를 잔뜩
담아올까. 지금부터 설레며 기다린다.

○ 에필로그

예술을 선물하세요

그림 사라는 말은 못하는 내가 그림 기증하라는 말은 잘하
고 다닌다. 그것도 힘 있는 목소리로 당당하게 열심히. 보육
원에 그림을 걸어주는 봉사를 하고부터다. 아이들이 반짝이
는 눈으로 그림을 보고 까르르 웃는 것을 본 다음부터다. 여
러 번 이야기했지만, 보육 기관이 예술을 특별한 교육이 아
닌 일상적 환경으로 인식하고 조성하는 문화가 아직은 요원
하다. 가슴에 확 난로가 켜졌다. 땔감을 넣고 자신을 달구기
시작했다.

판화 등 그림들을 기증하고, 주변에 작가들도 섭외했다. 특
히 민화를 그리는 대학 선배에게는 막무가내로 졸랐다. "선
배의 작품이 아이들에게 신나는 꿈을 줄 거예요. 아름다운
마음도 갖게 해줄 거예요." 약장사처럼 말이 빨라졌지만,
내 마음을 알아주기를 바랐다. 선배는 흔쾌히 작품을 기증
하고, 몹시 고마워했다. "그림으로 좋은 일 하게 해줘 내가
정말 고마워. 더 열심히 그려야겠다!" 친한 언니에게 전화가
왔다. "내 친구가 화가야. 전시회에 가 그림을 사려고 하는

데, 그 작품을 기증하고 싶어."

그림은 밝은 빛들로 가득 차 있었다. 오렌지빛 일렁이는 따뜻하고 좋은 기운이 고스란히 전해지는 작품이었다. 정성스레 작품을 받아 보육원 식당 중앙에 걸었다. 누군가의 따뜻한 사랑이 느껴지기를, 훈훈한 배려가 전해지기를 간곡히 바라며.

좋은 기운은 선순환된다. 그것은 합해져 선을 이룬다고 믿는다. 세상에 이상한 사람도 많지만, 그래서 사람에게 정이 뚝 떨어질 때도 있지만, 그래도 결국 사람이 힘이다. 살수록 더 잘 알겠다. 물론 알면서도 사람을 세심히 배려하거나 사랑하는 일에 서툴다. 그런데도 주변에 좋은 분들이 많은 이유는 딱 한 가지다. 아무래도 전생에 나라를 구한 것 같다.

구구절절 말하다 보니 또 이야기하고 싶어진다. 선한 영향이 순환되는 것이 이렇게 좋을 수가 없다. 너는 나를 돕고, 나는 당신을 돕고, 당신은 또 누군가를 돕고, 누군가는 다시 나를 돕는다. 반드시 그렇다. 우리가 인식하지 못할 뿐 우리는 타인의 친절과 우주의 보살핌으로 사는 존재들인 것이다. 그러므로 착한 당신, 지겨워진 그림이 있다면 기증하세요. 아이들에게 예술을 선물하세요.

산다 | 예술 향유자
봄 말고 그림

초판 1쇄 발행 2019년 2월 25일
초판 2쇄 발행 2019년 3월 25일

지은이   임지영

편집   김유정
디자인   문유진

펴낸이   김유정
펴낸곳   yeondoo
등록   2017년 5월 22일 제300-2017-69호
주소   서울시 종로구 자하문로 115-18 201호
팩스   02-6338-7580
메일   11lily@daum.net

ISBN   979-11-961967-4-5 03810

이 도서의 국립중앙도서관 출판예정도서목록(CIP)은 서지정보유통
지원시스템 홈페이지(http://seoji.nl.go.kr)와 국가자료공동목록시
스템(http://www.nl.go.kr/kolisnet)에서 이용하실 수 있습니다.
(CIP제어번호:CIP2019001086)